ブレイド&バスタード
—金剛石の騎士の帰還—
3
蝸牛くも Kumo Kagyu
Illustration so-bin

CONTENTS

BLADE & BASTARD –Return of The Hrathnir–

目次

「おとぎ話のね、騎士様がいてね……」
「なんだよ」とララジャは宣言通り、
笑ってやった。「王子様か」
「ちが……違わない、けど！」
オルレアの声が上擦った。薄闇の中でも、
彼女の顔はひどく赤らんでいるのが、わかった。
「王子様が来てくれると思ってるわけじゃないもん！」
「じゃあ、何だよ」
オルレア
かつてララジャと
同じクランに所属していた
レーアの少女。

「イアルマス、いるっ!?」

サラ
オールスターズに所属する女エルフのプリースト。
飛び込んできたのは、一人のエルフの娘だった。
周囲の参拝者や僧侶の目も気にせず、
彼女はずかずかと寺院の奥へと突き進む。

「王子様の――、――……騎士様を……見てみたいんだ」

ブレイド&バスタード

―金剛石の騎士の帰還―

BLADE & BASTARD –Return of The Hrathnir–

3

蝸牛くも Kumo Kagyu
Illustration so-bin

富を崇拝する王は、ダイヤモンドを見ることはない。
力を崇拝した王は、騎士なく棺に横たわる。
冠を頂いた王は、これらが故に身を滅ぼす。
それは汝の前にあり、彼の破滅に答えあり。

第一章

ブロークンアイテム

「Ｗｏｕ！　Ｏｕｕｕｕｕｈ!!」

雄叫びをあげて、赤毛の娘が石の悪魔《ガーゴイル》に躍りかかった。

打ち揮《ふる》われるだんびらは唸《うな》りをあげて悪魔を砕き、石塊《いしくれ》へと還していく。

右、左。当たるを幸いに叩《たた》き込まれる刃は、その度に石礫《いしつぶて》を玄室一面に撒《ま》き散らす。

「ひぇぇ……」

「ああ、クソ！　加減しろバカ、近づけねえだろ……！」

当然、他の仲間――ベルカナンとララジャにしては堪《たま》ったものじゃあない。

喚《わめ》き散らすララジャの横で三角帽子を押さえ、ベルカナンは巨体を縮《ちぢ》こめる無駄な努力に忙しい。

――どうして僕、まだ前衛に立っているんだろう……？

腰に帯びた竜殺しの魔剣は、先達《せんだつ》ての戦い以来、沈黙を保ったままだ。

今ではちょっぴり切れ味の良い剣止まり。すっかりやる気を無くしてしまったらしい。

情けなくも、時々柄《つか》を撫《な》でてみては、あれは夢だったのじゃないのか……なんて思う。

今となってはベルカナンは、自分が竜殺しを成し遂げた冒険者だとは思えないのだ。

それに比べて――……。

「すっごいなあ……」

「ａｌｆ!!」

ガーベイジはといえば、絶好調も良いところだった。

彼女は意気揚々、ぶんぶかぶんぶかとだんびらを振り回し、怪物の群れを蹴散らしていく。

いつも通りといえばいつも通り――とはいえ、それにしたって勢いが強いように、思える。

なにせ短剣を振り回してガーゴイルの攻撃を受け流《パリィ》しているララジャが、追いつけない。

率先して怪物の群れに飛び込んで、蹴散らして、また次へ。

暴れるのが楽しくて楽しくて仕方ない。

牙を剝《む》いて笑うガーベイジが、ベルカナンの目には、そう見えた。

「竜の血を浴びたせい……なのかな」

「かもしれん」

腰の黒杖《くろづえ》に手を乗せたまま後列で様子を見守るイアルマスが、うっそりと呟《つぶや》いた。

黒外套《がいとう》の奥から彼が目を向ける先は、前衛で奮闘する三人ではなく、玄室の隅の方。

つられてベルカナンもそちらを見やると――四腕の山羊頭《やぎあたま》が、巨体を揺らめかしている。

ベルカナンは目を見開いた。

「来るぞ、横から新手が」

「わ、わあ……ッ⁉」

――下級の魔神《レッサーデーモン》⁉

「ベルカ――ナンッ！」ララジャが叫んだ。ガーゴイルに囲まれたままだ。「そっち頼む！」

「う、うんっ！」

名前を呼ばれて弾む声。ベルカナン当人は大急ぎ、客観的にはのっそりと魔神へと向かう。

杖の代わりに竜殺しの魔剣を引き抜いて、歌い上げるは真言《トゥルーワード》。

「《カファレフ《魂よ止まれ》 ターイ ヌーンザンメ《汝の名は眠りなり》》……！」

途端に生み出された《睡眠《カティノ》》の煙が、山羊頭の魔神を取り囲み、塗り潰《つぶ》した。

ドラゴンと戦ったことが夢ではない証《あかし》──の一つが、これだった。

ベルカナンはついに《小炎《ハリト》》以外の術を会得したのだ。

迷宮では第一階梯《かいてい》、初歩の初歩とされる術でも、ベルカナンにとっては違う。

ひとつひとつの呪文がとても嬉《うれ》しく、愛《いと》おしく、誇らしく、機会があれば使いたくて仕方ない。

──通れ、とおれ、とおれ……ッ!!

下位とはいえ魔神は魔神。魔法の守りを穿《つらぬ》けと、意味もなく強く念じて、山羊頭を睨《にら》む。

実際のところ、運が良かったのだろう。

「ＧＡＲＧＬＬ……!?」

「……や、た……っ！」

ぐらりと傾《かし》いで膝をついたデーモンは、もはや脅威ではない。少なくとも目覚めるまでは。

ガーベイジとララジャは、これでガーゴイルの対処に専念できる。

なるほど、たしかに他の冒険者から《睡眠《カティノ》》も使えない魔術師なんてと言われた理由もわかる。

もっとも──だからと言って、今さら他のパーティへ移るつもりもなかったけれど。

「でかした！」

「え、えへへ……」

褒められた事よりも、魔術師としての仕事ができたことが嬉しくて、ベルカナンは頬を緩めた。

何しろ普段から彼女の役目は敵の攻撃を引き付ける事ばかりで、戦士まがいな役目が多いのだ。

そしてイアルマスがその字《あざな》の由来でもある、黒杖を抜く事は――あまりない。

その黒杖が、恐ろしく鋭い切れ味を持った騎兵刀《サーベル》であることを、ベルカナンはもう知っている。

――黒漆《ブラックジャパンド》って……ゆったっけ？

確か、夜のような黒の塗料を、そう呼んだはずだ。故郷にいた頃に噂話《うわさばなし》で聞いたことがある。

アルマールよりも、もっとずっと東にある国……緋蓮《ひれん》の、巨人殺しの剣だとか――……。

ベルカナンがそう思って尋ねるとイアルマスは「そりゃあ良い」と笑い、否定したものだった。

『もしそうなら、霜の巨人《フロスト・ジャイアント》ほど旨い相手はいない』

冗談だろうと思う。ベルカナンは祖母から聞いた神話伝承でしか、かの巨人の名を知らない……。

もっとも、それを言ったら竜や魔神だって、迷宮に来るまでお目にかかった事は無いのだが。

「……デーモンがこんなところにでてくるものなのかな……」

ガーゴイルとて魔神、デーモンだが、石塊に宿らねば形を成せぬ脆弱《ぜいじゃく》下級な手合いだ。

対してレッサーデーモンは、下級とはいえこの現《うつ》し世《よ》に肉の身で現れるほどの存在。

あの火竜が暴れたせいで、まだまだ迷宮の生態系が乱れている、のかもしれないが――……。

「どーでもいいけど、さっさと片付けてから考えてくれ……！」

「あ、うん……っ！」

石の嘴《くちばし》を必死に弾《はじ》くララジャに応じて、ベルカナンはもたもたとその体軀《たいく》で前に出た。

えいやあと気の抜けた声とともに、ぶんぶんと魔剣を振り回すだけ。

だが、それでも彼女が手に持つのは魔剣だ。何より、その体躯は極めて目立つ。巨体で肉を揺らして魔剣を揮う娘を、ガーゴイルどもが狙わぬ理由などありはしない。

「わ、わあ、ひゃあぁッ⁉　い、いっぱいきた……⁉」

「よっし、そのまま引き付けとけ……！」

今度はララジャが攻勢に出る番だった。

石の怪物。まともにやれば刃が通るわけもない——と、以前のララジャなら思っただろう。

「けど、ドラゴンの鱗《うろこ》よりは柔いよなあ……！」

身を潜めて死角に周り、短剣片手に飛びかかる。急所に狙い定めて、鋭い一突き。

——目玉まで硬い奴はいねぇだろ⁉

それはまさしく、ララジャが生き延びる中で培ってきた経験と、摑《つか》み取った成長だった。

石の眼球は幸い、竜の瞳よりは柔らかかったらしい。

「GAGLL……⁉」

ララジャの短剣に目を砕かれ、ガーゴイルの岩の喉が雨樋《あまどい》めいてがらがらと鳴る。

「や、やぁっ！」

そして視界を失って玄室の床で悶《もだ》える石塊を砕くくらいは、ベルカナンにもできるのだ。

指先に金環を煌《きら》めかせながら、滑稽なほどの大振り。

それは彼女の体躯と合わさり、巨人《トロル》さながらの一撃となった。

「KLINK　KLOCK⁉」

ばかんと小気味良い音を立て、石の悪魔は粉微塵《こなみじん》となる。

まったく、これが魔術師とは！　世の戦士のどれほど多くが、彼女の恵体を羨《うらや》むだろう。

ベルカナンは自身の体も何もかも疎ましく思っているのだから、世の中上手くはいかないものだ。

「Ｇｒｏａｒ‼」

そしてそんな事は関係ないとばかり、舞い散る粉塵《ふんじん》の中から小さな影が飛び出した。

ガーベイジだ。

残りの石ころをうるさいのとデカいのに任せ、狙うはひとつ、寝こけた間抜けの首。

彼女はその全身を発条《ばね》のように引き絞り、だんびらと踊るように筋肉を解き放つ
大気を巻き込んで風を切り、鋼鉄の刃は一直線に眠れる山羊の額に撃ち込まれ――……。

「Ｇｌｉｎｇ⁉」

みしりと微《かす》かに軋《きし》んで、ひどくあっさりと押圧折《おっぺしょ》れた。

勢い余って石床を転げるガーベイジ。その手には折れた直剣。

そしてその目前には、痛痒《ダメージ》によって《睡眠《カティノ》》から解放されるデーモン。

だが、ガーベイジの集中力《ヒットポイント》は未《いま》だ健在だ。

低い姿勢で喉を唸らせ、赤毛の娘は折れた剣を手に前に跳ぶ。

「Ｗｏｕａａｈ‼」

吠《ほ》え猛《たけ》るデーモンの爪を掻《か》い潜り、撃ち込むのは剣の柄頭。

だんびらの重量に釣り合うだけの重しは、がつんと山羊の頭蓋を大きく揺らす。

しかし、そこまでだ。

異界より現れた魔神を滅ぼすには、その程度の一撃では届かない。

デーモンはその四つ腕を大きく広げ、人の耳に聞き取れぬ異様な言葉を紡ぎ出す。

——呪文だ⁉

「まず…ッ」

ベルカナンがおめく。ララジャは未だガーゴイルとの戦いの中。ガーベイジは、唸るのみ。

故に、イアルマスが動いた。

「——殺《シャ》ッ」

ベルカナンの目には、それは色のついた風のように思えた。

声が聞こえた瞬間、傍《かたわ》らにいたはずの黒衣の男の姿は魔神の前に現れている。

低い気合と共に、その黒杖から白刃がするりと飛び出し、迷宮に四筋の軌跡が走った。

「AAHHGGG!!?-?-」

デーモンの悲鳴が、あがった。昂《たか》ぶる魔力は霧散し、その四本の腕が跳ぶ。

刹那《せつな》イアルマスの手にした刃が返り、峰が強《した》かに魔神の喉笛を打ち据えていた。

濁った叫び声と共に、山羊の口から血が迸《ほとばし》る。

「《静寂《モンティノ》》があれば別だが、無いならこの手に限る」

「Wouaah!!」

そう嘯《うそぶ》くイアルマスの傍らから、ガーベイジが一声吠えて飛びかかった。

四つの切断面から体液を噴き出してのけぞる魔神に、容赦ない追撃。

狙いは先ほどと——最初の一撃から変わらず、山羊頭の額だ。

砕ける前にだんびらが傷つけた箇所、柄頭を見舞ったそこへ、折れた刃でさらに一撃。

「Ｇｒｏｗｌ!!」

二発、三発。普段の舞い踊るような戦いぶりとは打って変わった、猛犬さながら。

五発目と共にばかんと西瓜《すいか》のように頭蓋が砕け、脳漿《のうしょう》がびしゃりと飛び散った。

「ｗｏｏｆ……！」

頭から返り血を浴びたガーベイジが、それでも尚不満げに、もう一打を振り下ろす。

もはや玄室の床に崩れ落ちた山羊頭は病的な痙攣《けいれん》を繰り返すばかりで、殴打音は水音にも等しい。

ややもすればその身は霧散し、魂は故郷である地獄だか魔界だかに還るだろうが——……。

「おい」とララジャの叫び声。「終わったんなら、こっち頼む……！」

「う、うん……っ」

そしてほどなくしてベルカナンが最後のガーゴイルを砕き——玄室に、静寂が戻った。

§

「ｗｈｉｎｅ………」

——こいつも、こんな顔するんだなぁ……。

しょんぼりと気落ちするガーベイジというものを、ララジャは初めて見た。

折れた剣を見下ろしてか細く鳴く少女は、およそ普段の姿とはかけ離れている。

まるで童女のよう――もっともそれで感じるのは、何ともいえぬ居心地の悪さだったが。

カチャカチャと錠前を探針でつつき回す自分を、いつものように蹴っ飛ばして……。

――いや、それも迷惑だな……。

ララジャは溜息《ためいき》を吐《つ》いた。鍵を開けた後、蓋を持ち上げる時に感じる僅《わず》かな抵抗。

「……だいじょうぶ？」

「……ａｌｆ」

ベルカナンがのそのそとその巨体を縮めて声をかけるが、あまり効果は無いらしい。

ララジャは蓋の裏に仕込まれたワイヤと格闘しながら、イアルマスの方をちらと見た。

「……」

相変わらずむっつりと黙り込んだまま、奴は壁際から暗い視線を此方《こちら》に向けている。

だからララジャは、思わず咎《とが》めるように唇を尖《とが》らせたのだ。

「……なんとか言ったらどうなんだよ」

「何についてだ」

「だんびら」

「ああ」

イアルマスは、何でも無いように頷《うなず》いた。

黒衣の外套の下で、奴の顔が大真面目なものに変わった。諧謔《かいぎゃく》を滲《にじ》ませた声音。

「まあ、買い換えるか……別のものを調達するか」

イアルマスは、やはり変わらぬ調子で頷いた。

「ああ」

「じゃなくて、だんびら」

「引き上げるべきだろうな。前衛の武器が無い以上は」

「……これからどうすんだ？」

だから彼は、ワイヤを切る手順を思案しながら、言葉を組み替えた。

——そもそも間違ってるよな。

第一、こいつにそんな言葉を期待するのが——……。

慰めろと言うのも何か違うし、ガーベイジがそれを欲しているとも思えない。

ララジャはそこまで口を開きかけ、閉じた。

「そうじゃなくって……」

いつぞやの悪魔の石を思い出して、ララジャは顔をしかめた。

イアルマスは腰に帯びた黒い騎兵刀《サーベル》を掌《てのひら》で軽く叩き、低く笑った。

「使い方もよくわからんのに、魔法の武器の力を解き放つとか、だな」

「ままって……」

「まま、ある事だ」

「その宝箱の中に入ってるかもしれんぞ」一言付け加えられる。「責任重大だな」

「俺のせいじゃねえよ」

ララジャは舌打ちをして、宝箱の開封作業に戻った。

キャットロブ氏のもとで新しく拵《こしら》えた道具の中から、平たいヤスリのような刃物を抜く。

蓋に込まれたワイヤは、蓋を持ち上げる事によって仕掛けを動作させる代物だ。

それが小瓶の蓋をあけて瘴気《しょうき》を吐き出すものか、石弓の矢、爆弾かはともかく……。

――切っちまえば、動かねえからな……。

戦闘にはおよそ耐えられまいその繊細な道具を蓋の隙間に滑り込ませ、ワイヤを切――……。

……いや。

これ、ワイヤじゃねえな。ララジャは刃が触れたものの正体に気がついて、息を吐く。

呪札《じゅふだ》。ワイヤと同様、蓋を持ち上げれば作動する仕掛けだが、つまり破いてはいけない。

――こういうのがあるから、油断できねえんだ。

ララジャは蓋の隙間に刃を噛《か》ませたまま、細い探針を何本か取り出した。

慎重に、蓋と箱の繋《つな》ぎ目から呪札を剝《は》がしていく。忌々《いまいま》しいのは、イアルマスの言葉だ。

――……言われなくったって。

宝箱の開封は己の仕事だ。責任なんてものは常に感じている。

だがそれでも自分が普段より慎重に、集中しているような気がして、それが嫌だった。

普段の自分だって、きっとワイヤと札の違いには気がついていただろうに。

ぐるぐると渦巻く思考とは裏腹に、ララジャの手は機械的に動いた。

呪札を剝がし、また一息。慎重に箱の内側に落とし、蓋に手をかける。

「おい、終わったぞ」

「ほら、開いたって」ベルカナンの、脳天気な声。「中に剣、入ってるかもしれないよ」

ガーベイジが、折れた剣を握ったまま、すっくと立ち上がった。

「Waf」

そしてとことこと此方に寄ってきて、早く開けろとララジャに吠える。

ララジャはそれに構わず、ごとんと蓋を落として、宝箱を開封した。

「…………」

「…………」

箱の中身は、幾ばくかの金貨。そして巻物に、先ほど剝がした爆発の呪符《じゅふ》。

「……俺のせいじゃねえぞ?」

「yap!!」

ララジャの向こう脛《ずね》が、思い切り蹴飛ばされた。

§

「あら」とシスター・アイニッキは目を丸くして言った。「まあ!」

カント寺院に、冒険者の訪れぬ日というものはない。

死者蘇生《ししゃそせい》、灰からの復活。奇跡を求めて寄付金を携え、死体を担いで。

とはいえ、イアルマスら一行に関して言えば、最後の部分だけが当てはまる。

僅か四人での冒険だ。つまり二人分の余裕がある。死体を担いで来ない手は無い。

——死体担ぎのイアルマス。

意味に些《いささ》かの変更は加わったものの、概ねその通りの男は、霊廟《れいびょう》に死体を転がして言った。

「おかげで今日は一人だけというわけだ」

「道理で……」

美しい銀髪のエルフは、やれやれと首を振りながら呆《あき》れた様子で息を吐く。

「それならば、今日はガーベイジ様の方について行ってさしあげれば良いでしょうに」

「死人はキャットロブの店に用も無いだろう」

のたまうイアルマスの足下に横たえられた死体袋を、侍祭《じさい》が運び出していく。

イアルマスの言う『一人だけ』というのは、無論、死体が一つという意味だろう。

仲間のトラブルを理由に早々に引き上げたのは、改善されたというべきか……。

——いつも通りというべきでしょうね……。

「イアルマス様は、より善く生きるという事の意味を一度よくお考えになってくださいな」

「冒険者がまっとうな生き方や稼ぎ方を考え始めたら、引退した方が良いだろう」

「そういうお話ではありませんわ」

この尼僧《にそう》、イアルマスの行状を改めさせるのは己の使命だと思っている節がある。

ぷりぷりと長耳を尖らせながら、彼女はその白く美しい指先をイアルマスに向けた。

「どんなに隠者《いんじゃ》を気取った所で、お一人だけで生きていけるものではないのですよ」

「だから六人のパーティを組みたいと考えているんだがな」

「そういうお話でもありません」

まったくもう。アイネは、幼い娘のように頬を膨らませかねない有様だ。

エルフやドワーフ、レーアの寿命が人のそれに等しくなって、久しい。

その上で人以上の美貌を持つこの尼僧は、それこそ外見よりも幼いのやもしれない。

イアルマスはそんな事を考えながら、ひらりと手を振って、弁解を口にした。

「そう言うな。一から十まで俺が口を出して、立て直してやるでは意味があるまい？」

「それは、まあ、そうなのですけれどね」

アイネは渋々といった様子で、イアルマスの言い訳を受け入れる。

屁理屈《へりくつ》の類《たぐい》ではあろうが、屁理屈にだとて理《り》は一つくらいあるものだ。

人は一人で生きていけるものではないが、一人で歩けねば生きる意味が無い。

「では、求められたらきちんと応えてあげてくださいまし」

「俺なりで良ければ」

「ええ、結構です」

どうやら、シスター・アイニッキにはご満足いただけたらしい。

彼女はこっくりと威厳たっぷりに頷いて見せると、ふと表情を緩めた。

お説教は終わりという事だろう。「それにしても」と彼女は言う。

「ガーベイジ様の剣……折れてしまいましたか」

「だんびらでは限界も来るからな。時期といえば時期だった」

「惜しいものです。無名の刃が、竜殺しの剣として伝わったやもしれぬのに」

アイニッキはそう呟いて、息を零《こぼ》した。

「ですが……竜を撃ち殺した以上、その剣は武具として格別の生を得ましたね」

いかなるものであれ、惜しまれる死というのは善き生の証だ。

竜と切り結んだ事は確実にその寿命を縮めただろうが、生きる以上寿命は減るもの。

かの武器はその使命を全うし、最後の瞬間まで主に忠実であった。

アイニッキは指先で聖印を切り、今は亡きだんびらが神の都に迎えられた事を祝福した。

いずれはイアルマスらもそうなるよう、心からカドルト神に祈って。

祈られた当の本人は、黙って彼女の祈禱《きとう》が終わるのを待ち、それから口を開いた。

「だがまあ、武器がないでは冒険ができん」

「それで、キャットロブ様のお店に？」

「ララジャとベルカナンを連れてな」イアルマスは頷いた。「何かしらはあるだろう」

「少なくとも代替えの武器は」

「ああ」

難しいものですねと、シスター・アイニッキは思案げにその美しい眉を下げた。

達人は武具を選ばぬとは言うけれど、それにしたって限度というものがある。

地下迷宮というのは人知を超えた神話の領域、伝説の世界だ。

外界で名剣と謳《うた》われていても、いざ迷宮に入ればそれはただの「剣」に過ぎない。

伝説の怪物に抗《あらが》うならば、此方とて伝説の武具を持たねばなるまい。

己の五体一つで迷宮を踏破しようなどというのは、傲慢《ごうまん》か、そうでない何かか。

冒険の最中、助けとなるものを選《え》り好みしている余裕などそうは無い――……。

――とはいえ。

選り好みしないからといって、助けとなるものが手に入るかどうかは、また別だ。

竜殺しを成し遂げたガーベイジに見合った武具。

ましてや、失った武具の重みが未だ掌に残る中で、馴染《なじ》むもの。

より善き生、より善き死というのは、掛け替えのないものだ。

失われた剣に並ぶ武具が都合良く、キャットロブの棚にあると良いのだが……。

「いずれにせよ必要なのは武器だ。極論、鎧《よろい》というものは意味が無い事もある」

思案の海に浸ったアイニッキに対し、イアルマスは淡々と言葉を続ける。

アイニッキが思うに、この男にとって、装備とは、それ以上のものではないのだろう。

思い入れというものがもしこの男にあるのなら、それは冒険に対してのみに違いない。

「それに地下に潜れば敵が硬くなる以上、此方も勝手に硬くなるからな」

「硬くなるではなく、強くなるでは？　まあ、何でもよろしいですけれど」

アイニッキはイアルマスの妄言《もうげん》を、溜息と共に押し流した。

――まったく、もう、本当に。

少し改善されたかと思えば相変わらずで、かと思えば変わった部分もある。

これだから生きるという事は難しく、興味深く、幸いに満ちているのだ。

つまり一歩ずつ前に進んでいる事。

必ずやイアルマスを、最後の死を迎える所まで導かねばなるまい。

シスター・アイニッキは己の使命を新たにしながら「なんにしても」と呟いた。

「真の己の武器というものは、自らの手で見出《みいだ》さねばなりませんね」

あの赤毛の娘がそれを掴み取れるよう、今は神に祈るとしよう――……。

§

「ｙｅｌｐ!!」

ガーベイジは心底嫌そうな顔をして、その剣を放り出した。

「贅沢《ぜいたく》な奴だ。カシナートの剣だぞ」

キャットロブ氏は帳場の上に投げ出された剣を、見えざる瞳で一瞥《いちべつ》して唸る。

――とすれば、これはなかなかの名剣なのだろうか？

ララジャは薄暗い店内の明かりに透かして、その古ぶるしき剣に目を向ける。

なるほど、立派な剣だ。いささか変わった形だが、刃は研ぎ澄まされて、鋭い。

だがしかし、そんな剣は他にも五万とある。それがキャットロブの店だ。

加えて、わからない事が一つある。

ララジャはそっと肘でベルカナンの腰——脇腹は高い——を軽く突いて、尋ねた。

「……カシナートって？」

「えっと」

大きな体を精一杯に縮こまらせて、ベルカナンがぼしょぼしょと囁《ささや》いた。

「昔の、すごい鍛冶師《かじ》……だって、僕は聞いてるけど……」

「正確じゃあないな、それは」

盲目のエルフの言葉に、ベルカナンが「ひぅっ」と声を漏らした。

まるで悪戯《いたずら》を見つかった子供のような反応だが、キャットロブは気にしていない。

「鍛冶師、一門、あるいは工房だとも言われている。いにしえの名匠というのは正しいが」

とかく武具——特に古いものの事になると、この得体の知れぬ店主は饒舌《じょうぜつ》になる。

イアルマスの同類だな。ララジャは胡乱《うろん》げな目を向けながら、相槌《あいづち》を打った。

「わかってねえのかよ」

「とかく作数が多い上、どれも名剣だが、一振りとて同じ工夫のものはないからな」

見ろ。キャットロブ氏は、つい今し方ガーベイジが放り出した剣を取り上げた。

それは一見して普通の剣だが、奇妙なことに、切っ先が冠を被《かぶ》ったように分かれている。

この剣が他と違うところをあげろと言われれば、ララジャにもわかる数少ない点の一つ。

そしてキャットロブは剣の柄を握ると、ぐいと軽く捻《ひね》ってみせた。

「例えばこうだ」

「ｗｏｏｆ……！」

途端、刃が甲高い唸り声を上げて回転し始め、ガーベイジが思い切り顔をしかめた。

「……なにこれ？」

思わずベルカナンが問いかけたのも無理は無い。ララジャも、信じられないものを見る思いだ。

刃が回っている。触れるもの全てを引き裂くように、勢いよく。たちの悪い冗談だ。

しかしキャットロブは、大真面目な顔をして言った。

「多くの戦士たちが恐れおののいた、カシナートの剣だ」

――そりゃ恐れおののくだろうよ。

ララジャは脳裏に、巨大な化け物にこの回転する剣を振り回して挑む騎士を思い描いた。

確かにこの刃なら相手の血肉をずたずたに切り裂けるだろうが……いや、しかし、うん。

「……まともなのはねえのかよ」

「馬鹿め、まともな武器だぞこれは」

「僕が思うに……その」

ベルカナンが、自分の腰に帯びた竜殺しの剣と、回転剣《ミキサー》を睨むガーベイジに目を向けた。

「……回らない奴が良いんじゃあ、ないかな」

§

「wooooof…………」

ガーベイジは不満げに唸りながら、自分の背負うた剣をうざったそうに振り返る。

結局、彼女が選んだのはカシナートの剣であった。

名匠カシナートの業物の中でも剃刀《かみそり》のように鋭い、片刃の逸品。

何よりも――回らない。

「……贅沢な奴」

スケイルの街を連れ立って行きながら、ララジャは思わずぼやく。

あれだけ名剣名刀の類が揃《そろ》っていて、そのどれも不満だというのだから。

今まであいつの振り回していただんびらとは、まるで比較になるまいに。

「でも、自分が使うものだから……」

ララジャの頭上から、気持ち身を屈《かが》めたベルカナンが、ぼしょぼしょと呟く。

彼女の腰――つまりララジャの隣では、竜殺しの剣が、鞘《さや》に納まって揺れていた。

その鞘を、ベルカナンの大きな掌がそっと撫でる。

「僕も、気持ちはわからなくもない……かな」

「……わからねえとは言ってねえよ」ララジャは唸った。「ただ、贅沢だろって」

「まあ、それは、うん。……うん」

別にララジャだとて、道具に頓着しないような、達観した達人の域には至っていない。

装備や道具を選んでやっと最前線。あるいは道具や装備を選べる所にまで辿り着けた。

その事実が、何よりも嬉しい。

新調したナイフも、解錠道具も、イアルマスに与えられた図嚢《ずのう》も……胸が躍るものだ。

——忌々しいけどな。

装備を与えてもらって喜ぶなんて、ガキめいたところからはさっさと抜け出したいものだ。

もちろん、それだって贅沢な事はわかっている。

かつての境遇を振り返らないよう、ララジャの意識は前に向いていた。

目の前を行く赤毛の娘の後を追いながら、ぼんやりと考える。

ずんずんと迷うこと無く突き進む彼女。その後に続く、自分と、ベルカナン。

——俺たちゃまるで子分みてえだな。

いや、『俺は』か。ララジャはそう訂正した。

竜殺しの英雄、竜すら食えない残飯《ガーベイジ》。

彼女を見る人々の目は、大きく変わった。

薄汚れた奴隷少女は、今やひとかどの冒険者だ。

その活躍は毎日のように辻々《つじつじ》で囁かれ、冒険の進捗が噂《うわさ》される。

ベルカナンとても同様だ。この大きなのっぽの娘は、竜殺しの剣を持つ魔術師だ。

ドラゴンスレイヤー。そう呼ばれる度、びくついた様子で彼女は身を竦《すく》ませるけれど。

もちろんそんな程度で隠れられるわけもない。ララジャの背後に回っても、意味は無い。

そんな風に盾にされているララジャはといえば――……。

――おつきの盗賊ってとこか。

伝説やら叙事詩やら英雄譚《えいゆうたん》やらで、勇者のお供の盗賊が持ち上げられる事は少ない。

ララジャは自分がそういう立ち位置になった事が何故だか、愉快でもあった。

故郷を飛び出した痩せこけたガキには、それこそ十分に贅沢ではあるまいか――……。

「yap! yalp!!」

ガーベイジがきゃんきゃんと吠え立てる。思索に耽《ふけ》る暇もない。

さっさと来いというのだ。意味が通じるのなら、言葉がいらない事もある。

わかってるよとララジャは足を早め、のたのたとベルカナンがその後に続く。

「……そういえば、さ」

雑踏の喧噪《けんそう》の中でも、ベルカナンの声が頭上から降ってくるとよくわかる。

ひょいと見上げたその先で、豊かな胸の向こうに隠れるように金色の瞳が瞬いた。

「……ララジャくん、は。誰か探してる……の？」

「あン？」

「迷宮で……」

「ああ……」

――そういえば、言ってなかったっけか。

まあ、皆そうだ。

イアルマスの来歴もガーベイジの過去も、ベルカナンについてだって、自分は知らない。

ずっと東の田舎から出てきて、迷宮に入って、竜に殺された。

それが全てで――そして同時に、それで全部説明できるわけがない。

彼女が死んで灰になり、失われた時。

あるいは自分がそうなった時。

すべてを理解することは不可能でも……少しでも残るものがあって欲しい。

ララジャはガーベイジの背中の剣を見ながら、目を細めた。

「昔、俺が他のパーティにいたって話はしたよな」

「あ、うん」

ベルカナンは、こくこくと頭を大きく――当人は小さく――頷かせた。

そしてとても大事なことを伝えるように「馬小屋で……」と呟く。

「その連中《クラン》が、あんま性質《たち》の良くねえトコでさ」

「戒律が悪だった……ってコト？」

「いやあ……まあ」

ララジャは言葉を濁した。

戒律の善とか悪とかは、結局、利他的か利己的かという程度の違いだ。

真の悪とは、荷物を運んでやると言い、道の真ん中で老婆を置き去りにして盗むような奴だ。

かつて所属していたクランがどうであったかは――今のところ、答えが出ない。

「……そん時に、仲間」と言うのに、ララジャは躊躇《ちゅうちょ》した。「……が死んでさ」

「……うん」

「死体が、放ったらかしなんだ」

だから探している――……。ララジャの言葉に、ベルカナンは、ひどく物言いたげだった。

彼女は何度か口を開いて、閉じ、幾つかの言葉を飲み込んだ後、ぼそぼそと言った。

「……見つかったら良いな、って。僕、思うよ」

「……おう」

不思議なことに、それっきりぷつりと会話は途絶えた。

ベルカナンは黙ったままだし、そうなればララジャも口を開く理由も無い。

ややあって、ベルカナンが不意に歩調を早め、ララジャの隣を追い抜いた。

編んだ黒髪と体を揺らしながら彼女が向かう先は――ガーベイジの隣。

「……a l f」

なんだ。そう書かれた少女の不満げな顔に、ベルカナンは背を丸くして顔を寄せる。

「ガーベイジちゃん、迷宮に行ったら、また違う剣があるかもしれないよ」

「g r o w l……」

「うん。……だから、一緒に探そ？　僕も……手伝うから」

「ａｌｆ」

会話が成り立っているのかどうかは、ララジャにはわからなかった。

ただガーベイジが上を見上げ、ベルカナンが身を屈め、並ぶ光景は嫌いじゃなかった。

――タック和尚《おしょう》あたりに相談してみるかな。

セズマールたちに声をかけるのは未だ気が引けるけれど、あの司教なら話を聞いてくれそうだ。

なに、迷宮の中には宝物が唸っているのだ。あのだんびらだって、あるかもしれない。

赤い竜とてやっつけたのだ。死体探しに、剣探しが加わったところで、今更だろう。

そう思えば何とも足取りは軽く、ララジャは二人の娘の後を追いかけていった。

§

「おい、さっさとやれ」

「……うるっさい。わかってる……わよ」

頭を小突かれて、少女はひりひりする指先で、放り出された宝物を手に取った。

ひどく、寒い。

地下迷宮の一階。大勢の冒険者が屯《たむろ》するそこは、小さな街のようでいて、やはり迷宮だ。

石畳の床、壁。申し訳程度に毛布を敷いていても、冷気は染み込み、体を侵す。

故郷の暖かな巣穴が、ひどく恋しかった。両親は今頃、お茶の時間だろうか。

ここは――迷宮は、やはり人の棲《す》まう領域ではない。

だがそれでも、彼女が生きていくにはもはやこの場所しか残っていないのだ。

少女……少女はどんよりと濁った一つきりの瞳を精一杯に凝らして、財宝に指を這《は》わせる。

神の奇跡は万能だが、あらゆる者に平等に齎《もたら》されるわけではない。

矢に穿たれた片目は包帯の下。襤褸《ぼろ》のような服の下だって、似たようなものだ。

呪物《じゅぶつ》へ迂闊《うかつ》に触れれば、その呪いは体を蝕《むしば》んでいく。

――……寒い。

ずきずきと痛む傷の数々は熱を持っているはずなのに、臓腑《ぞうふ》の底まで冷えていく。

これは死の感触だと、彼女は知っていた。かつて経験した事だからだ。

カント寺院の僧侶は死を幸いと言うそうだが、彼女にはとてもそうは思えなかった。

――ああ、でも。

死ねばこの呪いも傷も何もかも消え失《う》せてしまうのだろうか。

そう甘やかな囁きが脳裏を過《よぎ》る度に、少女はぎゅっと歯を食い縛り、唇を食《は》む。

だからと言って――反骨心などというものは、とうの昔にへし折られているのだけれど。

剣――そう、剣だ――の刃に手を触れ、這わせ、撫で、男根を愛撫《あいぶ》するように慈しむ。

嫌になるほど触れた。もう慣れたものだ。微かな切り傷が、ひどく痛い。

「……残念だけど」と少女はか細い声で言った。「これはカシナートの剣じゃあない」

黒衣の男と少女たちに囲まれて歩く――少年の姿を。

だから、レーアの少女は見たのだ。どんよりと濁った、その瞳で。

「……たく、気に入らねえったらねえぜ。あのガキ……」

たった一つだけ自由に動かせるのは、残された片目だけ。

ピンで留められた瀕死《ひんし》の蟲《むし》のように手足を動かすが、それは病的な痙攣《けいれん》に近しい。

起き上がろうとしたその頭を、男の長靴に踏みにじられる。

「……っ、ぁ」

もっとも、それだって――もう今更の事なのだが。

顔に浴びせられるよりも、嫌だった。包帯に染みて、目から体の奥まで犯されそうで。

ぴしゃりと音がして、少女に唾が吐きかけられた。片目を覆う包帯の上。

「いいや、お前のせいだ」男は嘲った。「俺の機嫌が悪いのは」

舌がもつれる。酒瓶をねじ込まれた時のように、言葉が上手く出てこない。

「……ぁ……た、しの……せぇ……じゃ、な……ぃ」

頬が焼けるように痛むのは、その後だ。

額が石にぶつかる鈍い音。頭が――意識がぐらぐらと揺れる。

痛みよりも先に白色が意識を塗り潰し、彼女は危険な角度で首を曲げて石畳に倒れ込む。

不意に衝撃が少女の頬を襲った。

第二章
ゴールデンキー

「いよぉ、ララジャ」

その下卑《げび》た声が投げかけられたのは、ララジャが酒場で麦粥《むぎがゆ》をかっくらっている時だった。

イアルマスやガーベイジ、ベルカナンの姿はない――常に一緒に行動しているわけでもない。

ララジャは残飯や魔術師の少女が、冒険の無い日に何をしているかを知らない。

もっともイアルマスは、酒場の片隅で何をするでもなく座っていそうだが――……。

だからまあ、それ自体を油断と呼ぶのは酷だろう。

油断と呼ぶのならば、過去が追いついてくる可能性を失念していた所にある。

「なん……」とララジャは、敬語になりそうな言葉を飲み込んだ。「……だよ」

ララジャの目前では、仁王立つ熊のような筋肉を纏《まと》った、巨漢の戦士がにやついた顔をしていた。

見覚えのある顔だった。声をかけられたのは数度。殴られた回数は数えきれない。

「クランの頭にその口だ。竜殺しサマとやらァ、ずいぶんお偉いようだなァ、ララジャさんよう」

その男は、名をゲルツといった。

背に大剣を負うた彼は世が世なら、つまり《迷宮《ダンジョン》》なぞなくば野盗の頭をやっていそうな男だ。

だが世の多くの人々にとっては幸運なことに、ゲルツは己の職分を冒険者と見定めたらしい。

殺して奪う対象は無辜《むこ》の民草ではなく、迷宮の怪物――――そして愚かな名もなき冒険者たち。

「……ッ」

ララジャは僅《わず》かに身が強張《こわば》るのを覚え、ぐっと堪《こら》えた。染み付いた反射のようなものに過ぎない。

頭では、わかっているのだ。この男なんぞよりも、ドラゴンの方がよほど怖いことくらいは。

探されているはずがないと思っていた。忘れられていると。取るに足らない、バカなガキだと。

だから——安心していたのかもしれない。気を抜いていたのだろうか。

こうしてこの男が牙を剝《む》くように笑みを浮かべ、自分の前に現れることを。

ぎしりと筋肉と装備の重みで椅子に悲鳴をあげさせて、ゲルツはララジャの対面に腰を下ろす。

「……もう俺に用なんかねえだろ」と、ララジャは精一杯に声を尖《とが》らせた。

「おうおう、随分な風速だ。あやかりたいもんだねえ、ララジャさんよ」

——気色が悪い。

ララジャの、明確にまとまった始めての思考は、それだった。

先の顚末《てんまつ》の報復をしようと、暴力的に絡んでくるのならば、わかる。

あるいは此方《こちら》との関係を改善し、旨い汁を啜《すす》ろうという態度でも、わかる。

だが——こうもにやついて声をかけながら、そこに悪意が滲《にじ》んでいる、というのは……。

「……なに企んでんだよ」

知らず、ララジャは足に力を入れて身構えながら、酒場の中へと視線を走らせた。

囲まれてはいないか。玄室に突入する時、敵の位置を探るように索敵を行う。

地上で冒険者が争うのは、不文律として禁じられている。

同時にそれは、発覚さえしなければ良いという意味でも、ある。

もちろん、ララジャはだからといって、過日に自分が私刑にあった事を騒ぐ気はなかった。

あんな事は《スケイル》では日常茶飯事。

むしろ殺されなかったことは感謝しても良いほどだ――認めたくは、無いにせよ。

「企んでるなんざ人聞きの悪い。冒険者は相身互《あいみたが》いだろ？」

「抜けたことに文句があるってんなら、そっちが追い出したんだろ……」

「お前が竜を殺せるって知ってりゃな。後悔してんだぜ？　イアルマスに取り入るたァな……」

――一人だけか？

もちろん、その一人が一番の脅威なのだった。

ゲルツを、外見通り、ただのゴロツキ――追い剝ぎ強盗《ブッシュワッカー》や何かの頭だと思ってはいけない。

義理人情ではなく私利私欲で動く『悪』の冒険者どもをまとめ上げているという、単純な事実。

ゲルツを襲って下剋上《げこくじょう》を狙うには、とてつもないリスクを伴うと、誰もが思っているからこそだ。

ドラゴンより弱い。ビビる必要はない。それと、こいつが一撃で自分を殺せる事実は矛盾しない。

もしこの男が恥も外聞《がいぶん》もなくその大剣を振り回せば、自分は死ぬだろう。

――死ぬ、か？

集中力《HP》の勝負だ。ララジャは考える。紙一重で生き延びるか、さもなくば死ぬか。

だからやつの大きな掌《てのひら》がひらひらと翻るのが、随分と神経に堪《こた》えた。

「あの死体担ぎに残飯、でっけえの。良いとこお前は荷物持ちってトコか？」

「………」

「そう睨《にら》むなよ、冗談だ、冗談」

安い挑発だとわかっていても、ララジャはひどく苛立《いらだ》つ自分を抑えきれないでいた。

言わせておけという理性と、一発殴り返してやりたいという感情。

なぜ自分はただ黙って我慢しなけりゃならないんだ？

麦粥を運ぶはずの匙《さじ》の動きは、とっくの昔に止まっていた。

「だから、何の用だって聞いてんだよ」

「なあに、ララジャさんにぜひとも頼みたいことがあってな」

「……」

「あんたみてえな腕っこきを使い潰《つぶ》しちゃもったいねえから、うちでも選抜をやろうと思ってよ」

「……やりゃあ良いじゃねえか」

「《金の鍵》って知ってっか？」

ゲルツはララジャの言葉を無視して、そう言った。

鉄板のように分厚い掌を卓上で擦《こす》り合わせ、にたりと唇を歪《ゆが》ませた。

「地下二階にあるってぇ宝でな。……面白ェことに、一度手に入れても……また現れるんだよ」

「……他の宝だってそうだろ」

「ところがこいつは」とゲルツは言った。「同じ場所に、必ず出てくるのさ」

「それは――……」

興味が無いと言えば、嘘《うそ》になる。ララジャは少しでも耳を傾けた事を、後悔した。

「新人にそいつを取って来させるのさ。できるかどうかで、篩《ふるい》にかけられるってわけよ」

ララジャの様子を見たゲルツは、獲物がかかった釣り人のように目を細めて言った。

「その前の試しとして……《金の鍵》を取ってきてくれねえか？　ララジャ先生お一人で、よ」

「……」

乗っかる理由など、欠片も無い。内容はわからぬまでも、良からぬ企みなのは間違いない。

だが、未知の宝に興味が無いかと言えば――……嘘《うそ》になる。

残飯のやつがだんびらを壊した後だ。ベルカナンという仲間も加わった。

イアルマスもシスター・アイネも返済を急《せ》かしはしないが、借金があるのは格好がつかない。

それに何より――……眼の前のこいつに、あの氏族《クラン》に、一泡吹かせられるのでは？

その魅力的な誘いは、ひどくララジャの心を擽《くすぐ》った。ララジャは、呻《うめ》くように言った。

「…………俺に得がねえだろ」

「お前、レーアの娘を探してるんだろ？」

ゲルッツは釣り竿《ざお》を引いた。

「お宝と引き換えなら、教えてやっても良いぜ？」

§

「……それで、引き受けたわけか」

「ああ……」

結局、ララジャがその事をイアルマスに告げたのは、次の探索の最中であった。

数時間後なのか、翌日なのかもわからない。迷宮の中では、時間の感覚は曖昧なものになる。

石壁と石畳と玄室が延々と続く空間に、どれほど長い時間潜っているのだろうか？

探索の合間、合間、不意に言葉を零《こぼ》すには——それは十分過ぎるほどの、精神の緩みを齎《もたら》す。

——緊張が緩んでいるな。

それを良しとも悪しとも言わず、イアルマスはただただ、事実として受け止めた。

「ｗｏｏｆ……！」

「わ、わあ……っ」

彼の視線の先では、ふわふわと漂うカビの胞子のような球体の群れに、二人の娘が挑んでいる。

「ａｒｆ……⁉」

ガーベイジは手にした名剣カシナートの感触に、どうにも不満しかないらしい。

軽いせいか、鋭すぎるせいか。だんびらに比べて細身の剣に、逆に振り回されている感がある。

おおよそ勢いが付きすぎるのだろうと、イアルマスは見た。正規の剣術を学んでいないためだ。

正規の剣術。だが、そんなものが迷宮の怪物相手に何の役に立つだろう。

迷宮での戦い方、怪物との戦い方は、迷宮に潜らない限り身につかぬものだ。

「ひぃん……っ　ぼ、僕……も、無理……無理だよぅ……っ‼」

だからイアルマスは、ひいひいと必死になって剣を振るベルカナンにも、剣術を教えはしない。

だぷんだぷんと肉を揺らしながら竜殺しの魔剣を振り回す様は、端的に言って滑稽そのものだ。

だがそれでも、生き残るためにはそうして積み重ねていくしかない。

今はひとまず、体力と根気、つまるところ集中力《ヒットポイント》を上げてもらわねば――……。

――なにせ、ファズボールの相手は面倒くさいからな。

だが巻藁《まきわら》代わりにはちょうど良い。何しろこの怪物は漂うか、増える以外に能が無いからだ。

武器に不慣れな戦士と、不得手な剣を振るう魔術師には、これ以上の相手はあるまい。

ベルカナンが泣き言を漏らしている間にも、ふわふわと何処《どこ》からとも無く湧き出してくる。

「そら、全滅させせんと終わらんぞ」

「うわぁぁん……っ」

「sp:i:i:i:i:t!!」

苛立たしげに剣を振り回すガーベイジを眺め、イアルマスは退屈から漏れた欠伸《あくび》を噛《か》み殺す。

「……」ララジャが唸《うな》った。「行けると思うか?」

「うん?」

「俺一人で――……」

「目的次第だな」

イアルマスはララジャがぼそぼそと漏らした言葉に、やはりぼそぼそと応じた。

戦闘が終わるまで、盗賊の役目は無い。思索に耽《ふけ》るあまり、頭の中で渦を巻きだしたのだろう。

求められればそれに付き合うのは、イアルマスとてやぶさかではなかった。

「玄室を片っ端から全て開けて、怪物を全て相手をし、宝箱を全て開けていくなら、こうなる」

長靴の先で、足元に転がった死体袋を軽く蹴る。本日の成果だ。

浅い階層だからと油断したのか、爆弾にでもかかったか、死屍累々《ししるいるい》と斃《たお》れた六人の冒険者。

その死体を二つずつ地上に運び出す――三往復する。面倒だが、致し方のないことだ。

これが容易にできるならば、死体回収で手間賃を稼ぐことなどできやしまい。

「だが、玄室を避け、罠《わな》を避け、宝箱を避け、怪物を避け、狙ったものだけを求めるならば……」

「……いけるか」

「絶対の保証は無いがな」

冒険にそんなものがあった試しなど、イアルマスはただの一度たりとて知らない。

地下一階、二階だから安心して一人で歩けるならば、迷宮は夜の街よりよほど安全だろう。

「つか……やって良いとか、悪いとか、そういうのねーのな」

何処《どこ》か不貞腐《ふてくさ》れたような、此方の様子を窺《うかが》うかのような問いかけだった。

イアルマスは「良いも悪いもない」と、応じた。

「だが盗賊がいないと、宝箱の開封ができんからな。面倒ではある」

「……死んだら困るか？」

「面倒ではある」

イアルマスは繰り返した。新しい盗賊を探す。見合った技量、戒律、思考の。それは手間だ。

だから彼は、低く笑って、こう付け加えた。

「安心しろ。死体は回収してやる」

「……安心できねえな」

ララジャも、答えて笑った。

「ララジャ……くん。終わったよ……！」

ベルカナンの、疲れ切って間延びした声。ララジャは、はたと顔を上げた。

やっとの思いでファズボールを全滅させたのだろう。汗みずくで、半分泣いているような有様。

そして宝箱の傍では、ガーベイジが「ｙａｐ！」とやかましく吠《ほ》えている。

「早く行かんと、また蹴られるぞ」

「早く行ったって蹴るだろ、あの馬鹿」

「それもそうだ」

ララジャは軽快な足取りで、少女たちの――宝箱の方へと走り出した。

すぐに開封作業の音とガーベイジの吠え声、ララジャの罵声《ばせい》、ベルカナンの慌て声が響くだろう。

いつも通りの――パーティとしての光景だ。

「しかし、《金の鍵》か」

それを眺めながら、イアルマスは顎を撫《な》でた。気にかかる点があるとすれば、一つ。

「……そんな上等なもんだったかね、アレが」

§

「……だいじょうぶ？」

ベルカナンは迷宮の入り口で、おどおどした様子を精一杯に隠して、ララジャの顔を覗《のぞ》き込んだ。

彼女にとってのそっと覗き込むは、のそりと身を屈《かが》めて頭を寄せるという行為になる。

迷宮の入り口でそのような姿勢を取れば、じろじろと他の冒険者の目も刺さるというものだ。

「……ああ」

加えて、ララジャの尖った声。ベルカナンは、おどおどと視線を彷徨《さまよ》わせた。

——だいじょうぶ、なんて聞き方は良くなかったかな……。

それではまるで、彼が一人では無理だと言っているようではないか。

ベルカナンにとって信頼できる一番の冒険者は、先輩である彼に他ならないのに。

「まあ、イアルマスのお墨付きだ。二階まで歩くだけなら、なんとかなっだろ」

「うん……」

「しくじった時は……まあ、頼むわ」

「う、うん。……僕、絶対見つけるから……っ」

「それもぞっとしねぇなぁ」

ララジャが乾いた笑いを零して、ベルカナンは精一杯にその巨体を縮こまらせた。

どうにも、良くない。もちろん、臆病で気にしいなのは彼女自身の生来のものだが。

——……心配、なのかなぁ。

もちろん、それはそうだ。

イアルマスを見ていると勘違いしそうになるが、迷宮単独行は正気の沙汰ではない。

あの六英雄《オールスターズ》だとて、一人で地下に赴く事はないものだ。

だが、それ以外にもどうにも、もやっとしたものが胸の奥に淀《よど》んでいた。

思えば――……ララジャが昔のクランのため、迷宮に行くと聞いてからずっと、だ。

彼と離れて冒険したことが、無いからだろうか?

そう考えて、自分のことばかりだと、ベルカナンはわずかに気落ちした。

何より、これから危険な場に向かう彼の前で考える事ではないだろう。

「じゃ、じゃあ、僕……ララジャくんを、応援してるよ」

「おう、そっちの方がずっと良いな」

結局ベルカナンがもやもやに蓋をすると、ララジャはにやりと笑ってくれた。

それにベルカナンもほっと息を吐《つ》いて、それから慌てて、愛用の鞄《かばん》に手を入れた。

まず取り出したのは小ぶりな――ベルカナンから見て――布の包み。

「えっと、まず……これ、お弁当ね。ドゥルガーの酒場で頼んで、作ってもらったの」

「おう、助かる」

「水袋、こっちがお水で薄めたお茶で……こっちがスープだって」

「……お前、酒は飲まないもんな。わかった」

「スープは早めに飲んでね。それから……これが回復の水薬、麻痺《まひ》直しで」

「……良いのかよ」

「うん」ベルカナンは頷《うなず》いた。「僕、応援するって言ったもの。それから……」

「……」

「潜るのは一人でも、事前の手助けや準備はだめって言われてないもの」

二度目の問いかけ。ベルカナンはもう一度「うん」と頷いて言った。

「……良いのかよ」

手間に利益が見合わない――もっともベルカナンにとっては、十分に利益があるが。

スケイルに多くの魔術師がいても、呪文の巻物を作る者がほぼいないのも納得である。

竜退治で得たお金が残っていて良かったと、自分の貧乏性に感謝したほどだ。

なにせ合わせて金貨で千枚である。水薬も結構な値段がしたが、桁が違う。

イアルマスに教わって、かつ拵《こしら》えるのにずいぶんと高くついたものだけれど。

「それと、これが《睡眠《カティノ》》の巻物と、《小炎《ハリト》》の巻物。僕、頑張って写したんだ」

もちろん周囲からすれば、ずいぶんと自慢げに見えたのだろうが……。

だからそれにララジャが目を白黒させるのが嬉《うれ》しくて、そっとその胸を反らした。

ベルカナンはおばあさまの作ってくれた鞄は魔法の鞄《フォールディングバック》だと、長く信じていた。

ベルカの鞄には何でも入るよ。祖母はそう言って、柔らかく微笑《ほほえ》んだものだ。

彼女の鞄はその巨体に比較すると小ぶりだが、絶対的にはずいぶんと大きい。

ベルカナンは、頬を緩めた。

「ふふー」

「まだあるのか」

「……あ、えと。イ、イヤ……だった？」

大きく膨らんだ風船がすぐにしぼんだ。ベルカナンはまた、その身を小さく屈める。

受け取った品の数々を見つめたララジャは、ほどなく、ゆるく首を左右に振った。

「いや、驚いてた。……あんがとな。ベルカ――……ベルカナン」

「う、うん」

――ベルカでも良かったのに。

とは、彼女はとてもではないけれど、口に出せなかったけれど。

「あ、あと、それからね」

だからそれを誤魔化すように、ベルカナンは鞄の奥の方に手を入れた。

取り出したのは小さな革袋で、その中身については彼女自身もよく知らないのだが。

「イアルマスさんから、餞別《せんべつ》だって」

「あいつが？」ララジャは顔をしかめた。「胡散臭《くせ》えな……」

「……そっかな？」ベルカナンは首を傾《かし》げる。「そんな事、ないと思うけど……」

「お前、そのうち騙《だま》されそうだなあ……」

受け取ったララジャは、躊躇《ためら》わずにその妙に軽い袋の口を開けた。

掌の上で逆さにして振ると、転げ落ちてきたのは金貨が一枚と、釣り糸が一巻き。

「…………あの野郎」

ララジャは顔をしかめて、その二つを握って振りかぶり、結局ポケットに入れた。

「……宝石の指輪くらいよこせって言っておいてくれ」

「え、ぼ、僕が?」ベルカナンは目を瞬かせた。「……ララジャくんが言いなよ」

「あー……」

ララジャは空を――どんより濁ったスケイルの空を見上げた後、大きく息を吐いた。

「そうだな、そうする。伝言、覚えとけってのに訂正な」

「……うん、わかった」

うん、それが良い。ララジャが帰ってきて、自分で伝えるのが良い。

ベルカナンはその光景を想像すると、自然に頬が緩んだ。

彼の亡骸を探して袋に詰めて運ぶ光景とは、比べものにならないじゃないか。

それからララジャは、増えた荷物を携帯するのに少しばかり手こずったようだった。

ベルカナンは不器用な手つきでそれを手伝い、しばらくして、やっと準備が整った。

いよいよララジャが迷宮に足を踏み入れる段になって、ベルカナンは深呼吸をする。

この時、何を言うべきかは今日の朝からずっと考えて、決めていたのだ。

「……がんばってね」

「おう」

最後にララジャはそう言って、ひらりと小さく手を振った。

そしてまるで散歩でもするかのような気軽さで、迷宮の闇の中へと消えていく。

ベルカナンはその後ろ姿を、見えなくなるまで見つめていた。

見えなくなっても、その場に立ち尽くしていた。

§

「……あの野郎」
迷宮地下一階、冒険者たちの屯《たむろ》する一角を、ララジャは足早に通り抜けた。
戒律の違う冒険者と組もうという手合いや、治療や鑑定を生業《なりわい》とする連中。
そんな輩《やから》に用はないし——はっきり言って、眼中に無かった。
彼はもう、喜ばしいことに、その目的は忌々《いまいま》しくとも、自分の冒険で手一杯なのだ。
かつてとは大違いだ。それが足を速めさせる。此処《ここ》から抜け出したのだから。
にもかかわらず彼が苦々しげに呻《うめ》く理由は、手の中の釣り糸と金貨に他ならなかった。
ポケットの中、ではない。
それが何だか見透かされたようで、ララジャとしては何とも酷《ひど》く、不満なのだった。
「あっちは予備だ、予備……」
そう言い訳がましく呟《つぶや》き、ララジャは既に糸を結んである金貨を迷宮の床に放った。
金貨は石畳の上を弾んで転がり、しばらくして倒れる。ララジャは糸を手繰《たぐ》った。
——ここは大丈夫、と。
何度も往復した迷宮の一階だ。罠が無い事は知っている。……いや。

――……今までは、罠が無かった、だ。

先だっての事件以来、ララジャは地図も、歩いたという記憶も、信用はしていない。

この迷宮には、突然構造を作り替える力を持った、何かがいるのだ。

そして自分は不本意ながら、それと関わってしまった。用心に超したことはない。

それに第一、今まで歩いたタイルがたまたま安全だっただけかもしれない。

ほんの少し歩調が変わったせいで罠にかかったなんて、考えたくもない。

この迷宮において、時間は――消費するものではない。

己の生命、精神、集中力に比べれば、時間はどれだけ使っても惜しくはないものだ。

――……ってのが、イアルマスだな。

彼から教わった事をそっくりそのまま鵜呑《うの》みにする気は、ララジャにはない。

だが、それでも……有効だと思う事については、積極的に真似をする事にした。

かつての……あの忌々しいクランの、『宝箱係』だった頃と同じだ。

他の奴がやって死んだ事は避けて、やっても生きていた事を真似する。

先達の足跡に自分の靴を重ねるが如《ごと》しだ。安心はこうして積み上げるしかない。

もちろん、それは決して安全ではないのだが――……。

「……安全じゃなきゃ進めねえなんて言ってたら、迷宮になんざ潜れねえ」

ララジャはそう自分に言い聞かせて、慎重に一歩ずつ、闇の中を進んでいった。

実のところ。

ララジャがたった一人で地下迷宮に入るのは、厳密に言えば初めてではない。
かつて彼は悪魔の石を手に迷宮に潜り、イアルマスとガーベイジを襲撃した。
イアルマスはそれを見上げた根性だと言ってくれたが、何のことはない。
結局あれは怪しげな術で前後不覚になり、精神が乱れていたからこその話だ。
そうでなければ、あの時のララジャにたった一人で迷宮に行く勇気はなかったろう。
だが――……。
――俺には見上げた根性があるんだ。
それは、やはり『あの時』であって、『今』ではない。
今のララジャは、用心しいしい、おっかなびっくり、地下迷宮を一人で歩いている。
もし人を力量《レベル》で計るならば、ララジャの力量が確かに上がった証拠だろう。
「…………で、《金の鍵》と」
地図を広げて、現在位置を――もちろんまだ地下一階だ――確認、目的を呟く。
別に誰が聞いているわけでもないのだが、ついつい言葉は口から零れてしまう。
三人、四人での探索がずいぶんと馴染《なじ》んでしまったからか？
それとも不安を誤魔化すため？　あるいは確認作業に有効だと考えているのか？
ララジャは少し考えた後、どれでも良いかと、その思考を放り投げた。
どれだとしても、不快ではないのだ。気にするべき事は他に多い。
「あいつらの話だと地下二階って事だったな……」

通るべき道順を、地図の上に指先を走らせて辿《たど》る。
地下一階から地下二階までは、幸いにして玄室を通らずとも階段には行ける。
これは実に大きな事だった。
玄室を通るということは、必然、そこを守る怪物と戦わねばならないという事だ。
盗賊一人では――たとえ相手がオークだバブリースライムだにしても――危うい。
『もし玄室を通らねばならないとしたら、他の冒険者が踏破した玄室に限る』
これは単独行にあたってイアルマスがララジャに伝えた、少ない助言の一つだ。
玄室を守る怪物は、斃されたらその日のうちは再び現れることはない。
それが迷宮を支配する召喚の制約か、徘徊する怪物《ワンダリングモンスター》が死臭を嫌うのかは知らない。
だが、事実としてそういう法則がある。それは重要な知識の一つだった。
その意味で問題は……地下二階だ。
依頼人からの話を聞く限り、件《くだん》の《金の鍵》があるのは、玄室なのだ。
そして宝箱の中から《金の鍵》を求めるのならば、絶対に怪物と戦わねばならない。
「……いっそイアルマスに先に行かせれば良かったかな」
イアルマスに残飯とベルカ――ベルカナンなら、まあ問題はないだろう。
ベルカナンが言っていた通り、事前の手助けは禁止されていないのだし。
――なんてな。
とはいえ、それも無理だという事はララジャがよくわかっていた。

依頼人が言っていたではないか。《金の鍵》は何度でも手に入るのだ、と。

それはつまり、《金の鍵》を守る怪物は何度でも現れるという事ではあるまいか。

もしもララジャが安易に、その方法をとっていたらどうなっていただろう？

先行する冒険者が斃したからと気を抜いて玄室に入れば――……。

――……考えすぎ、か？

これまでも自分を殺そうとする罠だと考えるのは、強迫観念が過ぎるだろうか。

この状況が単なるやっかみ、足を引っ張られているだけなら、そこまではない、はず。

確かに自分は連中から抜けた。制裁はされるだろうが、殺されるほどではない……はず。

だが、『殺したい』と思っていなくても『死んでもかまわない』と思っているのは確か。

「……ああ、くそ……っ」

頭の中がぐるぐると渦巻く。答えが出ない。迷路に迷い込んだよう――……。

――……迷宮の中か。

くだらない冗談で、少し気が抜ける。

自分の冒険で手一杯だってのに、どうしてこう、横から厄介事《やっかいごと》が持ち込まれるのか。

無視できるなら無視したい。それが一番だ。誰に文句も言わせない。

――あたしは早くこんなクラン抜けてお金稼いで両親に恩返しするんだ！

――ララジャだって何かやりたくて冒険者になったんじゃないの？

その言葉と声を、まだ忘れずに覚えている。だからララジャは息を吸って、吐いた。

「行って、取って、戻る。……それだけだ、それだけ」

まずは地下二階へ降りる。階段に向かう。一つずつだ。

何も難しい事じゃあない。ララジャは決意して、前に歩き出した。

§

「……クソがよ！」

ところが、とんでもなく難しい事が、ララジャの目の前に立ちはだかっていた。

比喩《ひゆ》ではない。扉である。

地下二階、おっかなびっくり《這いずる金貨《クリーピングコイン》》と共に歩みを進めた先。

本来ならその奥に《金の鍵》の玄室があるはずの通路は、扉によって遮られていた。

押しても、引いても、横にずらそうともビクともしない。

仮に他の仲間がいても、誰もがそのトビラをこじ開けることはできなかったろう。

ララジャは、溜息《ためいき》を吐《つ》いた。

――やっぱこれ、罠なんじゃねえのか？

こんな話は聞いていなかった。こうなると《金の鍵》だって怪しいものだ。

だが、此処で投げ出して帰るのは納得がいかない。

少なくとも連中はララジャの言なんぞ信じやしないだろう。指差して、笑うのだ。

――こうなりゃ、とことんだ。

呻きながら、ララジャは竜革の図嚢《ずのう》から地図を引っ張り出した。

イアルマスに付き合って、結構な範囲を残飯やベルカナンと共に歩いてきている。

だが彼らの目的は――最近は鍛錬、竜殺しの剣、赤い竜だったが――死体だ。

つまり誰かが踏破した玄室にばかり入る事が、多い。

そうでない玄室に入って宝箱を開ける事もあるが、それは金になる物を探すため。

仮にイアルマスが《金の鍵》を取るのに必要な物品を知っていたとして……。

――それを探したりはしねえって事だ。

だから、把握している玄室を探す。調べる。怪物がいる、のは大前提として……。

……どうやって切り抜けて行くかだよな。

頭の中で今まで自分が体験してきたこと、イアルマスから聞きかじった事を思い出す。

――玄室の怪物は……。

迷宮は、異様な空間だ。比喩でもあり、事実でもある。

イアルマスに言わせれば黒に白線だけだというこの迷宮は、空間が歪んでいる。

一歩、一区画、一マスの大きさは人によって変わり、拡大し、縮小する。

玄室の中もまた同じ。怪物にとっても同様。

『どうしても玄室に入らねばならんなら』

イアルマスは言った。

『都合の良い相手が出てくるまで、逃げて、扉を閉めて、また開けろ』

異なる次元に繋《つな》がっているのではないかと思うほど、現れる怪物は変化する。

――……らしい。

らしいというのは、ララジャはそれを実際に試した事が無いからだ。

だがイアルマスはあるという。なら、それを確かめてやるつもりで行こう。

違っていたら違っていたで、イアルマスを笑ってやれるのだから良いことだ。

もっとも、この方法にも穴がある。イアルマスは薄暗く笑って、付け足していた。

『逃げられる怪物が出たなら、だが』

扉を開けたら赤の竜。そうなれば一巻の終わり。考えたくもなかったけれど。

「……っし」

何も一回の探索で見つけ出せとは言われていないのだ。

今日挑んだ玄室で見つからなければ、また次の日は別の玄室を探れば良い。

迷宮探索において、時間はいくら消費しても惜しくないものの一つ。

――……なるほどな。

そういう事かと、ララジャは気づいた。理解し、学びを得た。

経験というのならば、これこそが経験だった。

ララジャは、慎重に迷宮の中を歩き出した。コインを投じ、また手繰り寄せながら。

§

玄室の扉を蹴破る時は、いつだって緊張の一瞬だ。

扉の向こうに正体不明の魔物《アンシーン・ビーイング》が潜んでいないとも限らない。

「Grrrrooooowwwl!!!!」

雄叫《おたけ》びも高らかに、赤毛の娘が恐れも知らず玄室の薄影の中へと飛び込んでいく。

ふりかざす刃は暗澹《あんたん》とした中にも白く輝き、その闇ごと怪物を切り裂いた。

「GABBBBBLLEE!!?」

――青白い肌に鶴嘴《つるはし》……。

悪鬼、オーガの群れか。イアルマスは息を吐く。恐ろしいのはオーガではない。

「数が多いぞ。前に出ろ。十分に警戒してだ」

「う、うんっ」わたわたと、ベルカナンが気後れした風に応じた。「わかった……！」

どたどた――本人は精一杯俊敏に――前に駆けるのを見やり、イアルマスは黒杖《くろづえ》に手を添える。

オーガを前にしては、ベルカナンの巨体とて子供じみてくる。ガーベイジはその比ではない。

にもかかわらず、彼女は猛犬じみて唸りをあげながら、手にした剣を振り回す。

「alf!!」

名匠カシナートの鍛えた刃は、その乱雑な扱いを物ともしない。

ひゅおんと風切り音すら格調高く、カシナートの剣はオーガの胸板を切り裂き――……。

「yap!?」

さらに勢い余って一回、二回、三回転。ガーベイジがたたらを踏み、忌々しげに吠える。

達人の手にあれば一呼吸に十もの斬撃を可能にする薄刃は、羽のように軽い。

ガーベイジは心底納得いかない様子で剣を構え直す、その隙を――……。

「ぼ、僕が……っ！」

ベルカナンが補うべく、必死になってオーガへと打ちかかっていった。

顔面蒼白《そうはく》。唇をぎゅっと噛《か》みしめて、怯《おび》えた瞳は見開かれ。とても冒険者とは思えない。

彼女の細腕によって竜殺しの魔剣が、ぶおんぶおんと、まるで薪雑把《まきざっぽう》のように振るわれる。

まるで子供の遊びだ。その威力だけは桁違いだが。

「ROOOARR!!」

「ひ、あぁっ!?」

横合いから他のオーガが鶴嘴を叩《たた》き付けてきて、ベルカナンは悲鳴を上げて飛び退《の》いた。

肉を揺らしてのそのそと、といった雰囲気は抜けない。だが、集中力は維持されている。

当人の認識はどうであれ、初めて迷宮に潜った時とは雲泥《うんでい》の差だ。

「yelp……!!」

故にそこへ、ガーベイジが飛びかかる事もできる。

思うように言うことを聞かない刃を、それならばと八つ当たりめいて振り回して。

とはいえ、いくら鋭い刃でも空転しては敵の血肉を攪拌《ミキサー》するとはいかない。

オーガどもは慌てふためきながら距離を取り、一声おめいて一斉に少女らへと襲いかかる。

「Ｂｏｗ!!」

「わ、わあ……ッ!?　や、ッ!?　ああッ!?」

野良犬の吠え声と、悲鳴じみたベルカナンの声。肉が裂け、骨が砕け、血が散る。

音だけ聞けば想像する光景もまた変わろうが、二人はオーガの群れを相手に良く戦っていた。

イアルマスは、そうした全てを視界の端に収めながら、玄室を注意深く睥睨《へいげい》する。

――ラランジャが抜けた影響は、然程《さほど》でも無いらしい。

それはこの極めて危機的な状況において、何よりもありがたい事だった。

彼はゆるく両足を開いて身構え、いかなる方角にも気を配りながら、玄室の闇を睨む。

恐ろしいのは、オーガではない。

「イアルマスさん！」と、不意にベルカナンが泣きそうな声を上げた。「呪文、使ってよぉ！」

文字通りの泣き言だ。イアルマスはそう一蹴しようとしたが、思案し、首を横に振った。

「オーガは良く眠るぞ」

「えっ!?　あ……っ」

ベルカナンがその黒髪をぱたぱたと揺らしながら、顔をぱっと輝かせた。

当人の自信が絶無なせいだろう。常に必死で考えている彼女は、それだけに頭の回転が早い。

無論、その自覚すらベルカナンには無いのだろうが――……。

「ガーベイジちゃん、えっと、ちょっと……お願い……っ」

「ｙａｐ!!」

でかぶつが何か言ってるという程度の認識でも、ガーベイジには十分らしかった。

ベルカナンがのそりと身を揺らして後ろに下がれば、前に出るのは自分の役目だ。

それはベルカナンを補うというより、自分がやらねば他の奴らはダメだからという認識故。

ガーベイジはまったく頼りないその剣を、オーガの首筋へと滑り込ませる。

「ｗｏｏｆ!!」

「ＥＥＫ⁉」

ぱっと血飛沫《ちしぶき》が舞う――が、浅い。

動きが速すぎるのだ。本来ならオーガの首があるはずの機よりも前に、刃はそこを薙《な》ぐ。

ざ、と石畳に足を摺《す》ったガーベイジは、想定以上に乗った勢いを制御せず、もう一回転。

「ＧＲＲＯＡ!!？」

やっとその位置に至ったオーガに、どうにか刃を見舞わせて痛痒《ダメージ》を与える事に成功する。

ガーベイジは不服げに歯を軋《きし》ませるが、ベルカナンにとっては十分な時間だ。

「《カフアレフ《魂よ止まれ》　ターイ　ヌーンザンメ《汝の名は眠りなり》》」

竜殺しの剣を杖代わりに、懸命に声を張り上げて唱え上げる真言呪文《トゥルーワード》。

玄室の宙空に形を為した《睡眠《カティノ》》の靄《もや》は、瞬く間にオーガどもを包み込んでいく。

「やった……！」

《睡眠《カティノ》》の使えぬ魔術師は役立たず。

それは偏見だが、《睡眠《カティノ》》を扱える魔術師の有用性は凄《すさ》まじい。

竜を殺して得た術が迷宮において初歩の初歩の《睡眠《カティノ》》、というのは――……。

――初歩は初歩でも、凄まじく大きな一歩だ。

意識を朦朧《もうろう》とさせた悪鬼どもなど、ガーベイジの敵ではない。

ベルカナンといえど、さすがに棒立ちの怪物を切り伏せる事くらいはできる。

娘らが容赦なく、あるいは必死になってオーガの息の根を止めていく。

その光景の遙《はる》か彼方。迷宮の闇――白線と黒の奥で殺意が形を為し、むくむくと膨れ上がる。

イアルマスは腰を深く落とし、息を吸った。

――そこだ。

黒杖から白刃が迸《ほとばし》り、虚空《こくう》を一閃《いっせん》した。

「ちょ、ちょっとくらい……手伝ってくれても、良かったって……僕……思うの」

ほどなくして、汗みずくに息も絶え絶え、勝ったとは思えぬ有様でベルカナンが戻ってきた。

ガーベイジはといえば、玄室の中央でうざったそうに剣を振り、鼻をひくつかせている。

「ａｌｆ」と一声吠えて玄室の奥に駆けていくガーベイジを見送って、イアルマスは言った。

「俺も仕事はしたぞ」

「仕事って……」

ベルカナンは、酷くしょぼくれた顔をした。

「……ウサギを斬《き》るのが……？」

イアルマスの刃の先には、白い小さな獣が、物も言わずに事切れていた。

§

「今日は、宝箱はなしだ」

「ｗｏｏｏｆ……！」

「唸っても駄目だ」

イアルマスは無慈悲に、断固たる口調で言った。

ガーベイジは不満たらたらに、がつんと宝箱を蹴り飛ばして足を乗せる。

開けろと言うように「ｓｎａｒｌ！」と吠えるが、イアルマスは譲らない。

「盗賊がいないからな」

「ａｌｆ！」

「ダメだ」

「ｙａｐ‼」

ベルカナンは両手で持った水袋を、ぎゅっと握りしめた。

――……ど、どうしよう……。

などと考える。考えたところで、解決策など出ようはずもないのだが。

「ぼ、僕も……」と結局彼女が声を上げたのは、水袋が破ける寸前だった。

「w・h・i・n・e……」

「僕も……きょ、今日はやめといた方が……良いと思うな……」

「……y・e・l・p」

ガーベイジは喉を鳴らして唸ると、最後にもう一度宝箱を蹴っ飛ばし、足を上げた。

仕方ない——というには不遜《ふそん》なのは、今回は引いてやるといった態度だからか。

ともあれイアルマスとガーベイジとの喧嘩《けんか》が収まったようで、ベルカナンは息を吐く。

——……ララジャくんがいれば良いのに。

「……」

などと考えるのも、なんだか酷く情けない気持ちだった。

オーガの屍《しかばね》を山と築いたというのに、これっぽっちもベルカナンは嬉しくない。

少なくともこんな風に自分が戦えるなんて、故郷の祖母が知ったら喜ぶだろうに。

それとも、魔術師なら魔術師らしく呪文を使えと叱られるだろうか?

でも《睡眠《カティノ》》を覚えたと知ったら、きっと目を丸くして褒めてくれるに違いない。

「慣れないか?」

「ひゃっ⁉」

不意にイアルマスから声をかけられて、ベルカナンはわたわたと取り落としかけた水袋を摑《つか》んだ。

不貞腐れて次の玄室に向かう扉を探すガーベイジを横目に、イアルマスがそこにいた。

彼は水袋の中身を、義務的に口から喉に注ぎ込み、探索に備えている。

ベルカナンはそれを見て、慌てて自分も水で喉を潤した。

生ぬるいはずの水が、やけに冷たく、気持ちよい。

「慣れ……たくない、かな」

ほう、と。口から吐息と共に、自然とそんな言葉が漏れた。

ベルカナン自身、口にしてから、自分がそう思っていた事に気がついたほどだった。

だから彼女はびくつきながらイアルマスの様子を窺《うかが》って、目を彷徨《さまよ》わせた。

彼は相変わらず無言で……何を言うでもなく、ベルカナンを見つめている。

ベルカナンは居心地悪く、もじもじと身動《みじろ》ぎをしながら、続けた。

「僕……その、もし、この迷宮の一番下が、あるなら」

そんな場所があるのなら。もしそこへ、行く事ができるなら。

もし、もし、もし。可能性だ。曖昧で、形のない、想像もできない、先のこと。

だがもし、本当に――……それが叶《かな》うならば。

「そこには、皆で行きたい……かな」

「…………」

イアルマスは応えなかった。あるいは、彼は何か言おうとしたのかもしれない。

だが、玄室の向こうで「ａｌｆ！」とガーベイジが吠える声が上がる。

どうやら彼女は次の玄室に続く通路か、扉を見つけ出したらしい。

荷物から手慣れた様子で地図を取り出しながら、イアルマスは既に歩き出している。

イアルマスは応えなかった。

――……でも、ダメとは言われなかった、よね？

ベルカナンは、それで十分だと思った。そして一つ思い出し、慌てて付け加える。

「……あ、えと。ふ、増える分には、良い……よ？」

だからベルカナンはそう言って、慌ててイアルマスとガーベイジの後を追った。

あとはララジャが戻ってきてくれれば、それで……良いと、思ったのだ。

§

成果が上がったのは、おおよそ探索を始めてから三日――三度目の挑戦だった。

迷宮の中での時間感覚などあてにならない。ララジャにとっては三日でも、実際は何日だろう？

外と内を往復すること、これで三回。だから三度目だと、彼は脳裏で訂正する。

都度都度ベルカナンにあれこれ世話を焼かれるのは……恥ずかしくもあり、ありがたくもあった。

「つっても……これは《銀の鍵》か」

ララジャが手にしているのは、古びた鈍い銀色の、小さな鍵だった。

玄室の怪物――オークがたまさか一匹で蹲《うずくま》っていたのを、ララジャは背後から突き殺した。

そして見つけた宝箱の中身が、このちっぽけな鍵一つ。

全く割に合わないと見るべきか、大きな結果と見るべきか。

「…………確か、銀の扉、あったよな」

ララジャにとっては後者だった。

彼は血溜《ちだ》まりに沈むオークに一瞥《いちべつ》をくれると、鍵をポケットにしまい、手を服の胸元で擦《こす》った。

人型の怪物を殺すのは、まだどうにも慣れない。

相手に戦意が無い――それを友好的と呼ぶのは皮肉だ――ならなおさらの事。

一方、さりとて特に罪悪感を抱くことも、昂揚《こうよう》することもない。

中途半端――イアルマスに言わせれば、これが中立、中庸という奴なんだろうか。

――……あいつの言う事は、よくわかんねえもんな。

本気か、冗談か、正気を失っているのか。迷宮が白線にしか見えないなんて、なあ。

ララジャは何処か薄ら寒いものを覚えながら、薄暗い石造りの迷宮を見回した。

そりゃあララジャとて、戦闘の最中なんかは、暗闇に怪物の姿しか見えない事も、たまにある。

宝箱を開封するときだって、そうだ。周囲の景色が見えなくなる。

けどそれは集中しているからであって、イアルマスの見る世界とは根本から違うはずだ。

ガーベイジには、どう見えているのだろうか？　ベルカナンには……アイニッキには。

あるいは、あのレーアの娘にはどう見えていたのか。

「…………」

ララジャは益体《やくたい》も無い考えを振り払って、一人静かに、迷宮の闇の中を歩き出した。

道連れといえるのは、投じられてはずるずると《這いずる金貨《クリーピングコイン》》だけ。だから寂しくは無い。

地図と記憶、目の前の景色。

それらを比較してララジャが足を向けたのは、二階のおおよそ真ん中の区画。

発見はしていたが、未探索の玄室だ。その理由はといえば、単純明快なたった一つ。

「……銀の扉だからって、銀の鍵で開くもんかね」

目の前に聳《そび》え立つ、古ぶるしき銀の大扉だ。

天高くから降り注ぐ霧の中より現れる悪魔の意匠が、扉全体に彫り込まれている。

思わず恐怖に震えて逃げ出したくなる――……と、ララジャは皮肉に顔を歪めた。

だいたいの場合、こうして馬鹿な冒険者が封印を解いて悪魔を呼び出してしまうのだ。

そして勇者が現れて悪魔を討ち滅ぼす。最初の愚か者は誰も存在さえ知らない。

――勇者、ねえ。

はたして、そんなものがいるんだろうか。いるならとっくに迷宮を踏破してそうなものだ。

だいたい天に選ばれた某《なにがし》かなど、この迷宮では何の意味も無いのは証明済みだ。

だからもし、勇者などというものが実在するのなら、それはきっと迷宮より現れるだろう。

例えばあの赤毛の娘と黒髪の娘が、竜殺しとして迷宮の中から現れ出たように。

――いいとこ、オールスターズってトコだろうな。

自分が悪魔を呼び出したところで、解決するのはあの六人の冒険者あたりだ。

そして死体はイアルマスとベルカナンが回収してくれる。ガーベイジも付き合いはする。

なら、そう心配する事はない。一度死ぬくらいが何だ。ララジャは言い聞かせた。

「い、っくぞぉ……！」

鍵を入れ、回す。音が鳴って錠が外れる。扉を蹴破る。緊張の一瞬。

――敵は、なんだ……!?

玄室の中には何が何体いる？　ララジャは素早く周囲を睥睨した。

「Ａｈｈｈｈｈｈ……」

「Ｇｒｏｗｗｗｗｗｌ……」

まず目についたのは不気味な生き物だった。

おぞましい呻き声をあげながら、玄室の奥の暗がりからむくむくと立ち上がってくる。

その数、四体――ゾンビだと、すぐ見当がついた。

――……なら！

気を配るべきは足下だ。……ほら、いた。

ぐちゃぐちゃと胸の悪くなるような音を立てて這《は》いずる、汚らしい粘液の塊ども。

クリーピングクラッドが数体、ゾンビどもともどもララジャへと距離を詰め始めている。

――……このくらいなら……。

なんとか、なる……か？　いや……。

――やばいな。

ゾンビの爪や牙には、生前はなかった麻痺の毒が宿っていると、イアルマスが言っていた。

『あれは存外に面倒だぞ』と、奴は黒外套《がいとう》の下で陰鬱《いんうつ》に笑ったものだった。

『一人旅では、首をはねられるのと大差ないからな』

ぞっとしない話だった。

ララジャは一度逃げ出す事も考えた。だが、やってやれない事も無いという思いもある。

判断に迷い、半歩後ずさり、そして――……。

「ッ、らあッ……!!」

彼は前に跳びだした。

まず目をつけて短剣を振り抜くのは、足下に向けて。

うごめく粘液の一つが刃に切り裂かれ、ばつんと弾《はじ》けるように飛沫《しぶき》を散らした。

床の粘菌どもを気にしながらゾンビと戦うより、ゾンビを警戒しつつまず粘菌を排除。

ララジャはその方が与《くみ》しやすいと見たのだ。正しいかどうかは、わからなかったが。

「Ahhhhhhh……」

「おお、っと……!?」

すかさずゾンビどもが手を前に出して摑みかかってくるのを、大慌てで受け流《パリィ》す。

だが、数が多い。

ララジャが一度刃を振るう度、ゾンビどもは四度襲いかかってくるのだ。

弾き、逸《そ》らし、避け、最後の一体の爪が僅かに腕を引っ掻《か》いた。

思わずララジャはぞっと血の気が引いた。傷口が痺《しび》れるような気がする。気がするだけ。

「な、っろおッ！」

悪態を吐《つ》いて喚《わめ》きながら、ララジャは続いて二体目のクリーピングクラッドを叩き潰す。

しかし、また繰り返される四回攻撃。

「うあ……ッ⁉」

今度は——防ぎきれた。ララジャは飛び退いて距離を取り、息を吐く。

防げた。避けれた。無傷。だが精神が疲弊する。集中力が削られていく。

——……どうする？

「Ahhhhhh……」

「Ahhhhhhh……」

呻き声をあげながら迫り来るゾンビども。クリーピングクラッドはまだいる。

——……なろぉ……。

イアルマスならどうするだろう。ガーベイジなら。ベルカナンなら……ベルカなら？

「………上手くいったら、御《おん》の字《じ》か！」

ララジャは迷わなかった。彼は先ほどと同じように前に飛び出しながら、片手を鞄の中へ回す。

「Eeeeek……」

ゾンビどもが迫る。荷物を引っ張り出す。不慣れな手つきで封を解く。巻物を、開く。

『《カフアレフ　ターイ　ヌーンザンメ》』

途端、羊皮紙から飛び出すように靄《もや》が広がり、目に見えてゾンビどもの動きが鈍り出した。

——腐ってても脳味噌《のうみそ》は残ってんのな！

いや、頭の中に詰まってるのは鼻水をつくるものだったっけ？　まあ、何でも良い。

「ベルカ…………に、感謝だな」

面と向かってはまだ呼び慣れぬ愛称。今は、さほど呟くのに苦労はしなかった。

ララジャは朦朧《もうろう》としたゾンビどもを無視し、素早くクリーピングクラッドを片付けにかかった。

ゾンビ四体を仕留めるのは、その後だ。

人型の生き物とはいえ――……ゾンビを殺すのには、さほど抵抗はなかった。

結局の所、最初っから死んでいるのだから。

§

「……で、これか」

そうして障害を退け、一人黙々と探針を動かして宝箱を開封し、手に入れたもの。

ララジャは何とも言えぬ曖昧な表情で、その《熊の彫像》を眺めた。

いかにも勇ましく獰猛《どうもう》そうな熊の彫像だ。俺は何百万も奴らを殺《や》ったぞと言わんばかりの。

――……これで何をどうしろって？

頭を抱えたくなった。喚き散らしたくなった。迷宮の主は何を考えているのだろう。

如何《いか》にもな鍵のかかった、厳重に隔離された玄室の奥に、こんなものを隠す気がしれない。

ララジャはしばらく蹲ったまま呻いていたが、やがて息を吐いた。

「…………けど、見つかったのがこれなら、これ持ってってみるしかねえかぁ」

それしか無いのだから、仕方ない。

ララジャは熊の彫像を苦心して鞄に押し込む。腕が鞄の口から覗いていた。

こんなものを持ち歩くとわかってたら、もっとでかい袋を用意したのに。

――……ベルカナンがいたら、あいつに押しつけてたんだがな。

あの鞄はやたらでかかった。そんな事を思い返しながら、ララジャは図嚢から地図を抜く。

来た道。通路。景色。地図。足下の罠。一歩ずつ慎重に、《金の鍵》の玄室へと向かう。

――こりゃ、新人に一人でやれってのは無茶だろ……。

金貨を投じて手繰りながら、ララジャはふとそう考え、皮肉げに口元を歪めた。

これではまるで自分がもう新人ではないような口ぶりではあるまいか。

まあ、実際、赤い竜と戦って勝った時点で、新人ではないのだろうが――……。

――……けど、なんかな。

自分を熟練だの、玄人だの、中堅だのと名乗る気はなかった。

何しろ、イアルマスだ。アイニッキ。それにオールスターズをララジャは知っている。

いっそガーベイジだって、自分よりはよほど迷宮に潜っているだろう。

ララジャは迷宮のことなど、ほとんど知らない。

どうすれば此処で生き延びれるのか、その方法の、触りを学びつつある程度だ。

だが――……。

――……あいつよりは、知ってるよな。

あのレーアの娘。彼女が知っている事は、かつてのララジャと同じ程度。何も無しだ。

だからもしまた会えたなら、その時はいろいろと……先輩風を吹かせられる、かもしれない。

それは想像すると、少しばかり愉快な……気持ちの良い未来図だった。

馬鹿馬鹿しいと自覚できるほどに呑気《のんき》で、根拠の無い明日の話。

しかしそれはララジャの足取りを軽くするのに十分な光景ではあった。

気づけば彼はまた、扉の前に立っている自分を見出《みいだ》した。

息を整える。この向こうに《金の鍵》がある。熊の彫像で開くのか？　どうやって？

だが、心配は杞憂《きゆう》だった。

ララジャがそっと扉に手を触れると、押してもいないのに、自然と扉が動いたのだ。

まるで一枚の金属板のようだった扉の真ん中に筋が入り、音も無く両板が開かれていく。

ララジャは、ごくりと唾を飲んだ。唇を湿らせて、前に行く。

片手は短剣に。腰を深く落とし。視線は左右に。敵影はなし。慎重に、前へ。

扉の向こうは小さな玄室で、その奥には――――大きな扉が、一つ。

ララジャはそっと、その扉に手をかけた。

扉は、押しても、引いても、横に動かしてもびくともしなかった。

たとえこの場に他の仲間がいても、その誰もがそのトビラをこじ開けることはできなかったろう。

「またかよ!!」

結局、《銅の鍵》と《蛙《かえる》の彫像》を見つけて戻ってくるまで、さらに三度の探索が必要だった。

§

取引の場所に選ばれたのは、地下迷宮の第一階層であった。

それは先方からの指定ではあったが、ララジャにとっても願ったりではあった。

——……最悪、暴れてもケチはつけられねえからな。

仮にも取引の体裁を取っているのなら、向こう側だとて何も用意していない事はあるまい。

あのレーアの娘本人。そうでなくとも、某かの手がかりは持ってくる、だろう。

たとえ偽物であったとして……罠だったとして……揉《も》め事になった事を考えた場合……。

——……此処なら、どうとでもなる。

と、ララジャは思うのだ。

地上では不文律として、冒険者同士の争いは禁じられている。

迷宮の中は別だ。此処を選んだ時点で、向こうは何か仕掛けてくるのだろう。

——……けど、こっちだって同じだ。

奴らがどんなに力量の高い冒険者だとして、赤き竜よりは強くあるまい。

一撃で首を撥《は》ね飛ばされでもしない限り、彼女の手を掴んで走り出すくらいはできる、はずだ。

手を伸ばし、名前を呼んで、彼女が飛び出し、その手を掴んで、走る。

記憶の中、髪を二つに括《くく》ったあのレーアの娘は、間違いなくそう動くように思えた。

むしろ彼女の方からララジャの名を呼び、逃げ出す機を窺ってさえいそうだった。

ぴゅうっと吹き抜ける、春風のような娘だった。

だから――……此方が手を摑みさえすれば、絶対に上手くいく。

「……そのための鍵、か」

ポケットの中、ずしりと感じる重みを、知らずララジャは掌で撫でていた。

《金の鍵》。

二つの鍵と二つの像を経てようやく辿り着いたそれは、文字通りの品だった。

玄室にいた大鼠《カピバラ》を仕留めて、宝箱を開封し、手に入れた鍵。

それは何も劇的な事など伴わず、普段の財貨と同じように宝箱に収まっていたものだ。

その意味で――……ひどく現実感は乏しかった。

重みに比べて、とても軽く感じてしまうのは何故だろう？

ララジャは幾度となく、鍵を撫で、矯《た》めつ眇《すが》めつ眺め、仲間たちにも確認を求めたものだ。

もちろん、ガーベイジは吠えるだけだったが――……。

『これが……《金の鍵》、なんだ？』

ベルカナンが、ひどく曖昧な、何とも言えぬ表情を浮かべたのを、よく覚えている。

『ホントに、そうなの？』

『他にねえもんよ』と《闘神の酒場《ドゥルガー》》でララジャは唇を尖らせた。『これじゃねえの？』

『それは、そうかもだけど……』

すぐにベルカナンは、その巨体を縮こまらせて俯《うつむ》いてしまう。

そうなるとララジャも、手に余る。何を言っても、泣かせてしまいそうな気がするのだ。

もしそうなったら、後が怖い。オールスターズのサラは、きっと長耳を尖らせる。

何とか言ってくれはしないものかと、ララジャはイアルマスへ目を向けた。

奴は外套の下で、何が面白いのか、くつくつと低く嗤《わら》って、言った。

『まあ、持って行ってみろ』イアルマスは続けた。『その後は、その後だ』

だからララジャは、さしあたってその通りにした。

地下一階に屯《たむろ》する有象無象、得体の知れぬ冒険者どもの間をすり抜けて進む。

冒険者の氏素性など誰が気にするものでもないが、それにしたって怪しい手合いだ。

どこの一党からもあぶれ、怪しげな治療や鑑定、助太刀で生計を立てている奴ら。

善とも悪ともつかぬ戒律の中に、追い剝ぎ強盗《ハイウェイマン》が混ざっていない保証は無い。

だからララジャは、こういった手合いは無視することに決めていた。

相手にすること無く、迷宮の区画を進み、やがて――……。

「よお、きたか」

「……おう」

二度と見たくはなかった、これで最後にしたい相手のにやついた笑み。

ゲルツはこれから冒険にでも行くような佇《たたず》まいで、大剣を背にして、そこにいた。

迷宮入り口でパーティを組む怪しげな連中がそうするように、ララジャを待っている。

ララジャはかろうじて、嫌悪感を声に出さずに済んだ……と、思った。

自分の感情を隠し切れているとは思っていないが、それでも、体裁ってものがある。

「首尾はどうだったい、ララジャ先生よ」

「あんなトコ、新人一人で取りに行かせたら死人が出るぞ」

ララジャは親しげな声を撥ね除《の》けるように、鋭く声を尖らせた。

「話とずいぶん違ったぜ」

「そうかい？」ゲルツはひょいと肩を竦《すく》めた。「なにせ、ウワサだったからなあ」

人を食ったような忍び笑い。悪いとも思っていないような口ぶり。

あるいは、新人を一人で取りに行かせて死んでも構わないと思っている様子。

きっと、両方だろう。ララジャは唸った。ポケットの中の、軽い重みを抜く。

「……ほらよ、《金の鍵》だ」

「へえ、それがね……」

迷宮の薄闇の中、ちらちらと瞬く星のように鈍い、金の輝き。

それにゲルツは目を細め、わざとらしく感心したような息を漏らした。

「とはいえ、万一って事もある。確かめさせてもらおうじゃねえか」

「……んだよ。キャットロブの旦那ンとこまで行くってのか？」

「そんな手間はかけさせねえよ、ララジャ先生……」

ゲルツは、そう言って背後を振り向いた。そこに蹲る影に、ララジャは初めて気づいた。

「なあ？」

「――……オ、ル、レ、ア？」

野に咲く小さな花。その通りの娘のはずだった。

だがララジャがそこに見たのは、岩を裏返した所に蠢《うごめ》く、白い蛆《うじ》だった。

痩せこけて、骨と皮のような体を襤褸《ぼろ》――包帯で覆った、小さな肉の塊。

それはどうやら娘のようで、片方だけ残った目が、どろりと濁った様子でララジャを見た。

昏《くら》い、瞳だった。

「……オルレア？」

ララジャは思わず、繰り返しその名を呟いた。

記憶の中の像と何もかも違うのに、どうしてか印象が重なる。

疑ったのではなく、信じられないのでもなく――彼女なのだと、思ってしまった。

「…………さっさと寄越してよ」

返事の代わりに、要求が帰ってきた。そして、枯れた小枝のような腕が伸びる。

手が、差しのばされた。ララジャは、摑めなかった。

小さな舌打ち。禿鷹《はげたか》が獲物を掻《か》っ攫《さら》うように、《金の鍵》が奪われる。

オルレアは一つきりの瞳を細めて、すぐに《金の鍵》へと手を這わせた。

それが鑑定の仕草だと、ララジャにはすぐそれと知れた。

タック和尚《おしょう》が彼の目の前で、何度か実演してくれたからだ。

もっとも、タック和尚の動きと、目の前のオルレアの動きには差異があった。

オルレアの傷ついた指先は、まるで男根を慰撫《いぶ》するかのように《金の鍵》に触れている。

手慣れた様子だった。何度も繰り返し、それを行ってきたと見て取れるような。

だが事実を認識できても、理解がそれに追いつくわけでもない。

かつてキャットロブの店で認識したような、体と意識のずれ。

それが今、ララジャの心と体で、再び起きているような感覚だった。

「……何これ」

包帯顔のレーアの娘――オルレアは、忌々しげに、その《金の鍵》を睨んで吐き捨てた。

「は――……?」

「こんなので、あたしを買おうってわけ？」

ララジャは、言葉を失った。買う？　何を？　彼女を？

「違う。何言ってんだ、そんな――……」

「《金の鍵》と引き換えにあたしを買い取るんだから、そうでしょ」

「それは――……」

その通り、だが。

だけど、何かが違う。何かがおかしい。そんなつもりではない。断じて。

だが事実としては何一つ変わらない。ララジャは、つまり、そのつもりだったから。

オルレアの背後で、ゲルツがにやついた笑みを浮かべるのがわかった。

「こんな、何の価値もない、ただのガラクタで？　騙《だま》くらかそうって？」

罠だ。

最初から、最後まで、何もかも。全てが――……。

「冗談じゃあないわよ……！」

――オルレア も含めて。

§

「つまり、俺たちにガラクタを摑ませようってわけだなあ、ララジャ先生よう」

ララジャの意識がはたと我に返ったのは、やはり培《つちか》った経験の賜物《たまもの》であった。

しゃりんという軽やかな鞘走《さやばし》りの音に反して、重く鈍い殺意の塊。

それは路傍《ろぼう》の虫けらを蹴飛ばすか、羽虫を叩き潰すように、直接的で無駄が無い。

イアルマスに言わせれば、殺気だなんだというのは結局のところ気のせいで――……。

――……そう感じるという勘働きは、つまるところ経験則に過ぎん。

ララジャはその言葉が脳裏に過《よぎ》った時、大きく飛び退いた自分の体に気がついていた。

つい先ほどまで胴体があったはずの場所を、大鉈《おおなた》の如き鉄剣が薙《な》いでいる。

真っ二つの剣だ。ゲルツの、愛剣――……！

「なら、今ここでぶっ殺されたって文句は言えねえわけだ……！」

「ん、な……ッ」

ララジャは腰を深く落として身構えながら、視線を左右に走らせた。

──囲まれている。

地下一階に屯する胡乱《うろん》な冒険者どもの間から、見覚えのある顔がちらほらと現れる。

かつてのクランの──仲間という言葉は使いたくない──連中だ。

──どうする？

どうすれば良い？　自分は何をしに此処へ来た？

オルレア。彼女の姿を探し求め、声を絞り出そうとする。

だが、それは無理だった。彼女の瞳と、目があってしまったから。

たった一つだけ残った瞳からララジャに突き刺さる視線は、冷たく、鋭い。

拒絶──……。明確な、その意思表示。

もうその瞬間には此処を訪れる前にあったララジャの算段は、完全に消し飛んでいた。

続く剣戟《けんげき》。とっさに身を屈めて刃を避ける。どうしてか腰の力が抜け、尻餅をついた。

無言のまま刃が振りかぶられ、ララジャの額に影が落ちた。

死ぬ。

間違いない。今度ばかりは殺される。此処で。

オルレアの目の前で。

それは――……。

「Ｗｏｕ！　Ｏｕｕｕｕｈ‼」

その時だった。

冒険者どもの頭を超え一声吠えて飛びかかった小柄な影が、手にした刃を振り回した。

身を反らすゲルツの前を一閃したそれは、勢いのそのままにもう一回転。

あまねく戦士が欲し望む名剣カシナートのきらめきに、ゲルツは目を見開いた。

「てめえ、ガーベイジ……‼」

「Ｗｏｏｆ！」

ゲルツの罵声《ばせい》を無視し、ガーベイジの湖の底のように澄んだ青い瞳がララジャを見た。

彼女はひょいと肩に刃を担ぐと、やれやれと呆《あき》れきった様子でララジャを見下ろす。

自分がいなければ結局こいつはてんでダメじゃあないかと――……。

軽く足先で小突かれれば罵声も出ようが、今のララジャは返す言葉も無い。

だが、どうして？　その疑問を抱いたのは、ゲルツも同じらしい。

しかしそれが言葉になるよりも前に、答えは雑踏の向こうから現れた。

「おおっと」

酷く低く、虚《うつ》ろな笑い声と共に、うっそりとその男が歩み出る。

死体担ぎの黒衣の男。黒　杖《ブラックロッド》の――……。

「イアルマス……！」

「随分な風速じゃあないか、ゲルツ」

「てめえの差し金か……」

激高《げっこう》したのも束の間。それで我を失うようでは、ゲルツは当の昔に死んでいる。

彼は真っ二つの剣を油断なく構えながら、彼我《ひが》の間合いを探るように足を摺《す》った。

イアルマスの黒杖が騎兵刀《サーベル》である事を、ゲルツは承知していた。

「宗旨替えか？　てめえは、こういう事に首を突っ込んだりはしねえと思ってたがよ」

「そんなつもりもない」

対して、イアルマス。

奴はいつも通り――そう、迷宮にいる時の佇《たたず》まいを、決して崩しはしない。

薄ら笑いを口元に浮かべ、白線しか見えぬと嘯《うそぶ》く瞳は愉快そうに細められている。

心底から楽しんでいる。それはララジャには見慣れた――異様さでもあった。

片手に握った黒杖をゆらめかせ、イアルマスは嘯いた。

「殺しすぎれば淀むし、澄み切れば技が鈍る。殺し技は、ほどよく濁っていなければな」

「抜かせ……」

「まだ抜いちゃあいない」

いつ何時、イアルマスはふらりと散歩でもするように間合いを詰めるかわからない。

ゲルツは攻めあぐねているようだった。といっても、臆した様子はない。

天秤《てんびん》にかけている。ララジャへの制裁と、イアルマスとガーベイジの相手。

それに――………。

「……竜殺しのパーティにゃ、くそでっけえ女戦士もいるって話だったな」

「魔術師だ」イアルマスが短く訂正した。「《睡眠》《カティノ》の使える」

伏兵の可能性――あるいは魔術師の脅威。もしくは、欺瞞《ぎまん》。

ゲルツの中の秤《はかり》が揺れ動く。

ガーベイジは今か今かと、撥条《ばね》を押さえ込むようにして足に力を溜《た》めている。

そうしたやり取りの間も、ララジャはガーベイジの足下で、身動きが取れないでいた。

釘付《くぎづ》けになっていた――あるいは、釘付けにされていた。

オルレアの、一つの瞳。それがララジャを貫いて、離さない。

忌々しげに此方を見ていた彼女の顔が、酷く引きつって、醜く歪んだようだった。

ララジャには――泣き出しそうだと、そう思えたけれど。

「――」

どうしてか、彼女の名前を呼ぶ事はできなかった。

オルレアも、ララジャの名前を口にする事はなかった。

「……良いだろう」

ややあって。

ゲルツはゆっくりと、切っ先を下ろした。ガーベイジがつまらなさそうに鼻を鳴らした。

「てめえとやりあうほどの価値は、そのガキにはねえな」

「そうかな」

イアルマスがそう呟くのに応えず、ゲルツは「行くぞ」と配下に告げた。

ゲルツに付き従うクランの面々はそれに素直に従い、彼の後に続いていく。

当然――オルレアもだ。

「…………オルレア」

やっと彼女の名前が喉から絞り出せた時には、もう手遅れだ。

彼女は当然そんな小さな声など聞こえるわけもなく、振り返る事も無かった。

迷宮の奥に消えていく小さな背中を、ララジャは黙って見送るしかなく――……。

「……ララジャ、くん？」

おずおずと、遠慮がちに背後からかけられた小さな声に、そっと息を吐いた。

「ベルカ……ナン」

「……うん」

見ればそこには、大きな体を精一杯に縮こめた黒髪の娘が、こくんと頷いていた。

何のことはない。彼女は人混みに紛れ、しゃがんでいただけだったのだ。

ララジャは「悪い」とか何とか、そんなような事を、ぼそぼそと呟いた。

「…………うん」

ベルカナンはもう一度、同じように呟いて、ララジャが立ち上がるのを待ってくれた。

のろのろと起き上がるララジャを、ガーベイジが一度蹴り飛ばした。

ララジャは痛みに呻きながら、しかし騒がなかった。

それぐらいされて当然だと思った。オルレアに引っぱたかれた方が良かった、とも。

そして立ち上がったところで、ララジャは黒衣の男へと向かい合った。

「……助けに来てくれたのかよ」

「別にそんなつもりはない」

イアルマスは、軽く肩を竦め、首を横に振った。

「たんに迷宮探索に来たら、行き会っただけだ」

「そうかよ……」

たぶん、本当にそうなのだろうと思った。イアルマスは、そういう奴だ。

「失敗したか」

「……らしい」

「まあ、そういう事もある」

慰めだろうか。ララジャはイアルマスを見やった。

相変わらず奴は薄笑いを浮かべたままで——つまりは慰めなんかじゃあないのだろう。

ララジャはふとつま先が何かに当たったのに気がついた。

いつの間にかオルレアが投げ捨てたのだろう、《金の鍵》。

ララジャは《金の鍵》を拾い上げ、シャツで擦ってから、ポケットにしまった。

「だが、生きているなら次もある」

「……そうかよ」

「そうさ」

イアルマスは慰めを口にしたりはしない。

つまり、それは――単純な事実なのだ。

§

「ち、イアルマスの蛆虫野郎《うじむし》が……」

名前すらどうでも良い徒党《パーティ》の足音に混ざって、ゲルツの毒が地下迷宮の中に響いた。

恐らく、奴の頭の中ではララジャを辱《はずかし》めて嬲《なぶ》って、それで終《しま》いのはずだったのだろう。

イアルマスや、あの野良犬めいた残飯などが出てくるとは思ってもいなかったに違いない。

――……短絡的。

だが、オルレアはこういう時、決して何も言うべきではない事を身を以《もっ》て学ばされた。

ゲルツは確かに、短絡的な男だ。

その場その場の事しか考えず、ただ得になりそうな――自分が気持ち良い――選択肢を選ぶだけ。

街のチンピラごろつきも同然。強盗《ブッシュワッカー》追い剝ぎ《ハイウェイマン》の方がまだ賢い。

しかし、ただそれだけの男が腕っ節だけで生き延びる事ができるほど、迷宮は甘く無い。

脅威、生存率、自分の敵、味方。誰が自分を侮り、誰が自分を嘲り、誰なら嬲れるか。

それを嗅ぎ分ける――野生とも言うべきものが、この男には備わっている。

だから、強い。だから、生き延びてきた。

オルレアは口をつぐんで、必死に目を伏せ、ゲルツの言葉を頭の中から追い払う。

奴に目をつけられないように。奴に心を読まれないように。

そうなれば憂さ晴らし、見せしめにどのような目にあわされるかを、考えないように。

痛いのも辛いのも苦しいのも、頭と心を空っぽにすれば、どうとでもなるものだ。

それはその瞬間、瞬間に痛いだけで、過ぎ去ってしまえば後の事でしかない。

だというのにどうしてか――……あの忌々しい少年の顔だけは、脳裏にこびり付くのだが。

――……こいつが。

ゲルツが、その名前を口にするせいだ。

今までずっと、あいつの事なんか思い出さなかったのに。

ゲルツが口にした途端、こうだ。

幾度も幾度も、不意に頭の中で爆発みたいに感情が膨れ上がるのだ。

頭に血が昇って、ぱっと意識が白くなる。思考が蛇のようにとぐろを巻いて唸る。

こっちのことなんか忘れて、女の子に囲まれて自由気ままに冒険をして。

何もかも手遅れになった今更現れて、自分を助けようだなんて？

馬鹿にしているにもほどがある。何なんだあれは。いったい。何様なんだ。

おまけに助けるといったって、《金の鍵》と引き換えに買おうというだけだ。

あんな安物の、何の価値もない、がらくたで。自分の値段か。その通りだ。でも。

馬鹿にしてる。馬鹿にしてる。馬鹿にしてる。

――……いけない。

オルレアはとっさに、吹き飛びかけた自分の手綱をしっかりと握り直した。

だから彼女はかろうじて、ゲルツが足を止めたのに気がつく事ができた。

「いやあ、大変な目に合われましたな……」

それは迷宮の暗がりの中から、人の形の影が切り取られたかのような男だった。

暗い深紅《しんく》の外套と、その下に緑の法衣を纏った……僧侶。

ゲルツの目が、足下に絡みついた野良犬を見るように細められた。

「なんだァ、てめえは」

「いえ、いえ。名乗るほどのものでは……」

「じゃあ死ね」

真っ二つの剣が唸りを上げたのを、オルレアは風切り音が響いた事でやっと認識した。

たとえ友好的な――皮肉だ――戦意のない怪物でも、ゲルツは容赦しない。

概して、そういう手合いの方が金を貯《た》め込んでいるからだと、奴は嗤《わら》っていたが――……。

「おおっと……！」

謎めいた僧侶はおどけたようにそう呻いた。オルレアの目には、両断されたと、見えた。

だが僧侶のいた空間を、法衣を、刃は確かに断ち切った、そのはずなのに――……。

「ふ、ふふ……。謙遜ですよ。お気に障ったなら、失礼、失礼……」

その僧侶はほんの数歩後ずさったかのように、健在。

人好きのする——故にこそ苛立たしい笑み。オルレアは目を瞬かせた。

今その一瞬、僧侶の首に下がった聖印——何か護符《アミュレット》の欠片が、煌《きら》めいた、ような——……。

「……癒やしの術か？　それとも守りの術か？」

「拙《つたな》い手妻《てづま》にございますよ」

「両方ってトコだな……」

短く舌打ちをすると、ゲルツはゆっくりと愛剣を背の鞘に戻した。

オルレアは——常の習慣として備えるために——そっとクランの頭目の顔を窺う。

ゲルツは、嗤っていた。

「良いぜ。芸の見料《けんりょう》を踏み倒す奴と思われるのも癪《しゃく》だ」

「ありがとうございます」と僧侶は頭を下げた。「ええ、ええ、損はさせませんとも」

その、目が——……どうして自分を見ているなどと、そんな事を思ったのだろう？

——……ララジャ。

オルレアはふと、脳裏にあの忌々しい愚か者の名前が過る自分に、唇を噛んだ。

何がどうなったって、もう、構いやしないはずなのに。

第三章
エレベーター

「家族以外になんかねーのかよ」

「ほえ？」

振り返った時の彼女《オルレア》は、口に堅パンの欠片を咥《くわ》えていたように思う。

レーアらしい健啖《けんたん》っぷりを遺憾なく発揮して、彼女は見る間にパンを消してのけた。

肉付きが良くなったら困る云々《うんぬん》などと、彼女はしょっちゅう食事を分けて寄越してくる。

それが方便だった事を、ララジャはもう気づいていた。気づいて、指摘しなかった。

そういう、娘だった。

「なんかってなによ」

「目的」とララジャは唸《うな》った。

「家族のために金稼ぎます、一発あてます。それなら冒険者以外にもあんだろ」

「んん、んー……や、まー、あるにはあるけど」

ごにょごにょと、オルレアは顔を俯《うつむ》かせて、酷《ひど》く歯切れ悪く呟《つぶや》いていた。

彼女にしては、珍しい事だった。

クランの奴らのねぐら、アジト。その裏の、薄汚れた路地の暗がり。

奴らが皿代わりに使って捨てた堅パンを、野良犬めいてかじりながら、彼女は呟いた。

「……笑わない？」

「内容による」

「ぶー。ひっどいなあ……。……いや、うーん……うん……」

しばらく俯いたあと、オルレアはもじもじと、指先を胸元でいじり回して、言った。

「おとぎ話のね、騎士様がいてね……」

「なんだよ」とララジャは宣言通り、笑ってやった。「王子様か」

「ちが……違わない、けど！」

オルレアの声が上擦《うわず》った。薄闇の中でも、彼女の顔はひどく赤らんでいるのが、わかった。

「王子様が来てくれると思ってるわけじゃないもん！」

「じゃあ、何だよ」

「王子様の――……騎士様を……見てみたいんだ」

そう、それは煌《きら》びやかで神々しく、この世の何よりも美しい物《もの》の具《ぐ》を纏《まと》った、騎士。

熱に浮かされた語り口調で騎士の事を語る、オルレア。

その表情はレーアである事を差し引いても、ずいぶん幼く見えたものだ。

たしか、彼女は何と騎士様を呼んでいただろうか。そう、たしか、確か――……。

§

「……金剛石の騎士……」

他愛ない会話。記憶の片隅にも残らない、日常の一幕。すっかり忘れていた。

それをどうして、今になって馬小屋の寝藁《ねわら》の中で思い出したのだろう？

答えは考えるまでもない。だが、ララジャはあえてそれを振り払った。

あの頃のオルレアと、今のオルレア。どうしても繋《つな》がるそれを、繋げないように。

だがそれでも、不意に思考が口から漏れる事はあるものだ。

迷宮の闇の中、ぽつりと零《こぼ》れたその言葉に、イアルマスが片眉をあげた。

「懐かしい名だな」

答えが返ってくるとは思わなかった。ララジャは黒衣の男を振り仰ぐ。

イアルマスは、ガーベイジとベルカナンの方から目を離していない。

前方では、二人が押し寄せてくる巨大な蛙《かえる》めいた怪物と切り結んでいる。

「わあああ……!?　ひゃあああッ!?」

「ｗｏｏｆ!!」

無駄に数ばかり多いのは、ファズボールなんかと同じ。

ベルカナンはやけに慌てているが、恐らく大丈夫だろうと、ララジャは頷《うなず》く。

「……知ってんのか？」

「話だけはな」イアルマスは頷いた。「二人いる。魔穴に降りて帰らなかった者と、冒険者と」

「冒険者なのかよ」

「ああ」

随分と昔のことだと――……イアルマスは呟いた。

大昔、さる王国が恐るべき魔人によって乗っ取られてしまった事があったのだという。

その王国には邪悪からの侵入を阻む女神の加護があったが、内から生まれた悪は防げない。

王国で生まれ育った魔人の前には、女神の守りは何の意味も無かったのだ――……。

「意味ねーじゃん」というララジャの呟き。イアルマスは、苦笑して肩を竦《すく》めた。

「王は殺され、都は乗っ取られた。だが、幼い王女と王子だけはその危地を脱した」

冒険者に身をやつした姉弟は、魔人を討つための伝説の武具を探し求めた。

長き冒険の日々。王子が若者となる頃に、その宿願は果たされたという。

揃《そろ》えられたのは魔法の鎧《よろい》、兜《かぶと》、籠手《こて》、盾、そして剣。それこそが即ち――……。

「金剛石《コッズ》の……」

「……騎士の武具《アーマー》だ」

しかし。イアルマスは首を振る。

「それが揃ったのも、ほんの一時の事だ」

魔人と姉弟、王女王子の戦いがどのようなものであったかは、伝え聞くより他無い。

金剛石の輝きを放つその古ぶるしき武具を纏った王子は、どれほどの強さだったか。

魔道に長《た》けた王女と共に王子は、魔人を相手に名に恥じぬ戦いを繰り広げたろう。

だがついに魔人を追い詰めたその時、魔人の放った怨嗟《えんさ》の声は大地を揺るがした。

王都王城の最奥には恐るべき呪詛《じゅそ》の穴、《魔穴》が穿《うが》たれ、魔人と王子はそれに飲まれた。

かくて金剛石の騎士の武具は失われ、後には呪いと、王女だけが残った――……。

よくある話だと、ララジャは思う。よくあるおとぎ話。よくある伝説……。

だが、しかし……それだけではないのだろう。

ララジャは気がついていた。語るにつれ、爛々《らんらん》とイアルマスの目が輝くのを。

自然、唾を飲む。それはいつか見た、奴が護符《アミュレット》の話を聞いた時のそれに似ていた。

だって、そうだ。金剛石の騎士の物語は、これで終わりではない。

「魔人もろとも失われた、女神の守りの杖《つえ》を取り戻さねばならんと、王女が言ったのさ」

「……冒険者」

「そうだ」イアルマスは、頷いた。「冒険者だ」

熱に浮かされたように、《魔穴》に多くの冒険者が挑んでいった。

呪詛と怨嗟、怪物に満たされたその深淵《しんえん》に降りて、生きて帰れた者はどれほどいよう。

生きて帰れたとしても、使命を果たせた者はまるでいない。

だが——それを成し遂げた者がいたのだ。

《魔穴》に散った武具を集め、女神の守りの杖を取り戻し、地上に光を齎《もたら》した者。

すなわち——金剛石の騎士。

「……ただの伝説じゃあねえのか」

「事実だ」イアルマスはこともなげに言った。「その後、どうなったかは知らんがな」

「知らん、って……」

「知らんのだから仕方あるまい。ずっと昔の事だ。覚えてる者もいまいよ」

終わったようだ。イアルマスが呟く。

見ればぜえぜえと荒い息を吐きながら、ベルカナンが蛙の死体の前にへたりこんでいた。

ガーベイジは忌々《いまいま》しげにカシナートの剣を振り回し、その重さ／軽さに顔をしかめている。

とすれば次は宝箱——盗賊である自分の出番だ。

だがその時、ふとララジャの脳裏に妙な想像が過《よぎ》った。

「なあ」とララジャは、頬を引きつらせて言った。「あんたが、そうじゃあないのか?」

「…………」

イアルマスは一瞬黙り込んだ。そしてゆっくりと、息を吐くように呟いた。

「俺ではないよ」

それが、答えだった。

§

そんな事を、考えていたせいだろうか。

「おお、っと……!?」

毒針だ。

ララジャは指先に走った鋭い痛みに、顔をしかめた。やらかしたと、呻《うめ》く。

罠《わな》があったのは錠前ではない。宝箱の外装、ささくれのように、それは仕込まれていた。

ちくりと指に刺さった時にはもう遅い。ずきずきと、燃えるように指先が熱を持つ。

とっさに握りしめるように傷口を押さえて飛び退《の》くが、何が起きたかを隠せるわけもない。

「しくじったか」

「ａｌｆ」

淡々としたイアルマスの声と、呆《あき》れたようなガーベイジの一吹《ひとふ》え。

赤毛の娘はその澄んだ青い瞳を忌々しげに細めて、此方《こちら》を睨《にら》んでいた。

剣が手に入らない――開封をしくじった宝箱は、当然中身もダメになっている。

以前ならば俺のせいじゃないと抗弁したところだが、今回ばかりは違う。

それも単に技量の問題ではない。

毒針がありそうだとは見て取っていた。その上で、余所事《よそごと》を考えてしくじった。

ララジャは悪いともすまないとも言えず、黙ったまま俯くのみで――……。

「下がって休め」とイアルマスが言った。「面倒を見てやれ」

「え、あ」

おろおろしていたベルカナンが、はたと顔をあげた。ぱたりと、黒い髪が揺れる。

「ぼ、僕？」

「そうだ」

「わ、わかった……よ」

ベルカナンはそう言って、そっと――つまり、のそのそと、その巨体をララジャに近づけた。

彼女が顔を覗《のぞ》き込んでくる。影が落ちる。ララジャは、ばつが悪くそれを見上げた。

金色の瞳が、ひどく不安そうに揺れ動いているのが、わかった。

「……大丈夫？」

「ああ、うん」ララジャは何と言ったものか、酷く悩んだ。「……悪い」

「別に、僕は……」

ベルカナンはぼそぼそと言いながら、ララジャを玄室の壁際へと導いた。

そこなら蛙の死体からも遠く、他の邪魔にもならないと思ったのだろう。

といっても、次の順路をどうするか探っているのはイアルマスだけだ。

ガーベイジは名残惜《なごりお》しげに宝箱の周りをぐるぐる歩いた後、イアルマスの後をついて回っている。

ララジャは、息を吐《つ》いた。

「悪い……」

「だから、僕は別に」ベルカナンの声が尖《とが》った。「……怒って、ないよ」

ベルカナンはその小さな――大きな鞄《かばん》から、毒消しの薬と包帯を取り出した。

彼女はあせあせ、もたもた、当人としては精一杯に急いで、治療に取りかかる。

ララジャの指先に遠慮がちに触れて、薬を垂らし、包帯を巻く――……。

その手つきは決して器用とは言えなかったけれど、真摯《しんし》で丁寧なのは、見て取れた。

――……何やってんだろうなあ、俺。

ララジャは息を吐いた。溜息《ためいき》も、何度目だろう。

調子に乗っていたのかもしれない――……。

こうしてパーティを組み、いっぱしの冒険者になり、竜退治に参加して、それで、それで。

それで自分一人に何ができたかといえば、これだ。何もできていない。

上手くいかなかった。生きているなら次があるとは、イアルマスは言っていたが。

勝手にのぼせ上がって、一人で空回りしていただけだったのではあるまいか。

それを否定する要素は、きっと迷宮の何処《どこ》にだって、見つかりはしまい——……。

「悩んでたのって」

不意に、ベルカナンが言った。

「……あの子のこと？」

ララジャは、すぐに答えなかった。答えられなかった。

ベルカナンの瞳が、間近にあった。雲に滲《にじ》んだ、満月のような金色。

「……たぶん」

そう、ララジャは答えた。

誤魔化したくはなかった。けれど、自分でもはっきりとはわからなかった。

だから結局、答えは曖昧なもので、ベルカナンは「そっか」と呟いた。

「ぼ、僕ね。僕……僕……」

ベルカナンが、こくりと喉を小さく鳴らす。

「思う、んだけど」

——諦めちゃえば？

その思考が——少女の中に無かったといえば、嘘《うそ》になる。
ララジャに一言、そう言ってしまえば良いと、囁《ささや》く声がするのだ。
諦めちゃえば？　忘れちゃえば？　酷い子だもん。気にすることないよ。
そう言って、全部終わらせてしまえば良い。
しかし、ベルカナンはどうしたって、その言葉が喉につっかえて出てこなかった。
だって、それは——……。
——……ずるだもん。
ベルカナンは大きい娘だ。力もある。人よりも、お腹が減る。
喧嘩《けんか》になって少しでも手が触れれば、ベルカはずるいと言われる。
お腹がすくからと少しでも量を貰《もら》おうとしたら、ベルカはずるいと言われる。
のろまのベルカ。ぐずのベルカ。ずるっこベルカ。
ずるじゃない。ベルカナンはいつもそう思っていた。ずるくない。
——……僕は、ずるくないよ。
「…………ちゃんと、話した方が良い、よ！」
「は……？」
その言葉は絞り出すように、叫ぶように、鋭く、ララジャへと飛び出していった。
驚いて此方《こちら》を見る少年の瞳が、ぱちくりと瞬《まばた》きをする。
ベルカナンはさっと頬に熱が昇るのがわかった。

だけど此処《ここ》で黙ったら、もう二度とずるっこの虫には勝てないと思った。

「だって、ララジャくん……あの子とちゃんと、話してない、もの」

僕、見てたんだ。ベルカナンは呟いた。あのとき、あの場所で。

鍵を渡して、取られて、調べられて、ガラクタだって言われた、それだけ。

それだけじゃあ――……。

「なんにも……あの子のことも、ララジャくんのことも、わかんないよ」

「……………………」

ララジャは押し黙った。ベルカナンは、その場から逃げ出したくなった。

偉そうに何を言っているんだろう。自分なんかが。きっと嫌われるに違いない。

大きな体を精一杯に縮こめた。高い頭を下げて、俯いて、目も耳も塞いでしまおう。

帽子の鍔《つば》に隠れれば、きっと顔は見えない。声だって聞こえない。

誰とも何とも関わらず、そのまま消えてしまいたいとさえ、思う。

「……ベルカ」

「え、あ、う、うんっ」

だから不意に名前を――愛称を呼ばれて、ベルカナンはぱっと顔をあげた。

編んだ黒髪がぱたんと大きく顔の横で弾む。

ララジャが此方を見ていた。まっすぐに。

ベルカナンはすぐに逃げたくなる視線を、何度も必死に彼の方へと引き戻した。

ややあって、ララジャはぽつりと小さく、けれどはっきりと、言った。

「あんがとな」

「……うん」

ベルカナンは、こくんとその頭を上下に動かして、頷いた。

後悔は、ないではなかった。けど――……。

――……おばあさまなら。

おばあさまなら、きっと褒めてくれるはずだった。

§

その日も地下一階、迷宮入り口直下の区画は雑多な連中でごった返していた。

たちこめる臭気は、人いきれだけでも鬱陶《うっとう》しいのに、酷く胸を悪くする。

怪物の血肉、汗や垢《あか》、埃《ほこり》、傷ついたまま放置された冒険者の死臭――腐臭。

ろくな手当もされず打ち捨てられ、壁にもたれて呻く連中と、寺院に放り込まれる連中。

どちらがマシなのか、オルレアは比較する事をとうの昔にやめていた。

連中と、死体と、自分。どれをとったって大差無いのだから。

「……」

店と呼ばれるのも憚《はばか》られる、襤褸《ぼろ》布とむしろで囲った一角が、オルレアに宛《あて》がわれた居場所だ。

彼女はそこで石壁にもたれ、足をなげだして、ぼんやりと時間が過ぎるのを待っている。

迷宮の中では時の経過というのは曖昧だ。

オルレアはもう、此処に百年もこうしているような気がしてならなかった。

代わり映えのしないその暮らしぶりは、薦被《こもかぶ》りとほぼ同じ。

右や左の旦那様と頭を下げる代わりに、訪れる冒険者らに頭を下げ、鑑定料を恵んで頂く。

そして時々気まぐれに殴られ、嬲《なぶ》られ、許しを請い、どうにか明日に命を繋ぐ。

薦被りより恵まれているのは、食事と水には困らないというところ――……。

――……いや、もっと悪いか。

少なくとも薦被りは、そこからクランの連中に金を巻き上げられはすまい。

それとも自分が知らないだけで、薦被りにもそういった連中がいるのだろうか。

だとすれば、檻《おり》の中から出ても檻の中。迷宮から出ても迷宮の中ではあるまいか。

――……大差ない……。

こんな益体《やくたい》もつかぬ思考がぐるぐると頭を巡るのも、何もかもあいつのせいだ。

こっちの事なんか忘れていれば、こっちだって忘れられていたのに。

――……あの目。

あんな目で、こっちを見ないで欲しかった。

あれではまるで、自分の方が悪いことをしたみたいではないか。

こうやって悩まされているのは自分の方だと言うのに――……。

オルレアは、乾いてかさついた唇からそっと息を吐いた。

「ッ!?」

不意に物音がして、自身が隠れる——自身を隠す——帳《とばり》が、押し開かれた。

ぱっと顔を上げたオルレアは、そこに黒髪の少年を見たような気がした。

だが、違った。髪の毛があったのは、彼女の視線よりもちょっと下。

燃えるように赤い髪と——澄み切った湖のように、底知れぬ青い瞳。

「あ、あんた……」とオルレアは声を震わせた。「……残飯?」

「a l f!」

野良犬じみた小娘が、のそのそとオルレアの巣穴に入ってくる。

彼女の事を、オルレアはもちろん知っていた。

もちろん、竜退治をするずっと前から。

「……なによ。新しい飼い主は、あの死体担ぎなんじゃないの?」

「y a p」

「相変わらず、何言ってんだかわかんない奴……」

同じクランにいた——……そんな認識をこの言葉も知らぬ娘が、持っているかは知らない。

だが首輪に繋がれ肉の盾としてひき立てられる彼女の事を、オルレアは覚えていた。

だから——感情が顔に出た。オルレアは盛大に顔をしかめ、かつ舌打ちまでしたのだ。

「……何の用よ。ご主人様とかラジャに言われて探しにきたとか?」

「ｗｏｏｆ！」

「…………」

「…………」

「…………はぁ、馬鹿馬鹿しい」

この娘が、誰かに飼われるようなものか――……。

――……誰かに助けられたりなんか、するわけないもんな。

クランにいた頃だって、そうだ。

アレは鎖で繋がれて命令を聞いていたというより、食《く》い扶持《ぶち》があるから従ってただけ。

今だってそうだ。この娘は一人で何処へだって、好きに行けるに違いない。

迷宮にいるのは、迷宮にいたいから。ただ、それだけ。

かつてのオルレアは、残飯――ガーベイジの存在に安心し、その瞳に不安になったものだ。

自分より下の存在がいるという安堵《あんど》。そいつは自分とはまったく違うという不安。

彼女の青い瞳からは、どんな気持ちも、思考も、窺《うかが》い知る事はできない。

野良犬だと思っていたこの娘は、ともすれば自由闊達《かったつ》な狼《おおかみ》の類《たぐい》ではないか、と……。

今は――……どうなのだろう。

「……ホント、何なのよ、あんたは」

「ｗｈｉｎｅ……」

オルレアは、ガーベイジの頬や髪に飛び散った血に顔をしかめ、指で擦《こす》った。

ガーベイジの青い瞳がうざったそうに細められ、オルレアの指を覆う包帯が赤黒く汚れる。

オルレアはもう一度、溜息を吐いた。

ガーベイジがずるずると引きずっている、得体の知れぬ武器に気がついたからだ。

今背負っている剣とも、かつて背負っていただんびらとも、違う。

傍《そば》にラジャの——盗賊の姿は無く、一人きり。そして返り血。

それで事情を理解できぬほど、残念ながらオルレアは愚かではなかった。

「あんた、まさか一人で玄室に入り込んで、宝箱こじ開けてきたの？」

「ｙｅｌｐ！」

「呆れた……馬鹿ね。ホント、特大の馬鹿……」

まさかこの娘が自分の客だとは。オルレアは低く呻いた。

何故自分が鑑定をやっていると……居場所も含め、気づいたのだろうか。

そもそもガーベイジが、鑑定が必要だと理解していた事に驚きだ。

「まさか……匂いを辿《たど》ってきたとか？　……犬じゃあるまいしな」

無論——オルレアの預かり知らぬ事だが——その通りだった。

ガーベイジとて学習はする。

宝箱の中に剣があったとしても、それが渡されるのは、見つけたすぐ後ではない。

あのモジャモジャの小さくて堅い奴が、剣を撫《な》で回したその後なのだ。

だから今日、一人で迷宮に乗り込み、邪魔者をぶった切って、宝箱を蹴り開けて。

見つけた剣をずるずる引きずって帰る途中――覚えのある臭いを嗅いだ。

ガーベイジは、自分は賢く強いと確信している。

だから当然、これはあの全身ぐるぐる巻きで片目の、小さい奴の臭いだと覚えていた。

あの小さくて堅い奴と、こないだその小さい奴が見せた動きが同じなのを覚えていた。

まあよくわからないが、きっと小さい奴らは剣を撫で回すのが好きなんだろう。

だから黒い奴とかやかましい奴は、とりあえず撫で回させてやっているのだ。

なら一番強くて賢い自分だって、小さい奴らに撫で回させてやるに吝《やぶさ》かで無い――……。

「ａｌｆ！」

ほら触れとばかりに突き出されたその武器を、オルレアは不服そうに受け取った。

「……お金あるの？」

「……」

「お金……ああいや、言ってるあたしのが馬鹿みたいじゃないか……」

オルレアは、そう呟くと同時に、なんだか気が抜けたような思いだった。

――……まあ、良いか。

そんな事を思えたのも、いつ以来だったろう。

だから、そう、まあ良いか、と。鑑定してやるくらい、良いか、なんて。

気まぐれを起こした自分に、オルレアは少しだけ口元を緩ませた。

「期待外れでも怒らないでよ……」

意味が通じるかはともかく、言い訳じみた言葉を残し、オルレアは剣に触れた。

そう、剣だ。この武器は剣。誰が何のために鍛え、どのように振るわれるのか――……。

もっとこの迷宮で見つかる剣は、いかなる名剣の類であっても「剣」だ。

それ以上の何か……伝説めいた何かが関わる事で、初めてその名を呼ばれる。

例えば切り裂きの剣、真っ二つの剣、獣殺し、魔術師潰《つぶ》し……。

――……金剛石の剣、ハースニール。

夢物語だ。随分と久々にその名前を思い出した。

触れるもの全てを一切合切差別なく断ち切る、真空の刃を纏《まと》いし宝剣。

そんなものがあるならば、この《迷宮》くらいのものだと思っていたけれど――……。

ややあって、思考の淵《ふち》から浮かび上がったオルレアは、驚きと共に目を見開いた。

唸りを上げて輪転《りんてん》し、敵の血肉を引き裂く刃。殺人の為に鍛えられし奇剣。

「これ、カシナートじゃない……！」

「Ｅｅｋ!?」

反応は劇的だった。

その名を聞いた途端、ガーベイジはその剣を放り出し、飛び下がったのだ。

彼女はこの世の終わりを齎す怪物を睨むようにして低く吠《ほ》えた。

そのあまりにもあまりな反応にオルレアは呆気《あっけ》に取られ――……。

「……なに？　いらないの？」

「ｗｏｏｏｏｆ……！」

「じゃあ、貰うけど」

「Ｃｒｏｒｆ！」

思わず、くすりと笑った。どれくらいぶりか、自分でもわからないほど無意識に。

だが、その笑みもすぐに消え失《う》せた。どたどたと、嫌な足音が近づいてきたから。

先に気づいてぱっと顔を上げたのはガーベイジだ。オルレアは、低く呻いた。

「あんた、裏から出て行きなさい」

「ｙａｐ」

「あんたが此処にいると、面倒な事になるの……！」

その言葉が通じたわけでもないだろう。

だがオルレアがぐいぐいとガーベイジを襤褸布の奥に押し込むのに、彼女は逆らわなかった。

そしてだからこそ、彼女の行動は間に合ったといって良いだろう。

「おーし、オルレアァ。今日の稼ぎはどうだァ？」

のっそりと、肉食獣めいた顔に笑みを浮かべ、姿を現したのはゲルツだった。

彼はオルレアの応えをちいとも期待しておらず、さっさと物入れをひっくり返し、金をせしめる。

オルレアは、その僅《わず》かなり貯《た》め込んだ鑑定料が、彼の機嫌を損ねる額でない事を祈るばかりだ。

と――ゲルツの目が、ふとオルレアの膝上に置かれた、冴《さ》え冴《ざ》えとした刃に止まった。

「なんでェ。良いもんがあるじゃねえかよ……」

有無を言わさぬ勢いで、ゲルツの手がその名剣を掻《か》っ攫《さら》った。

俯いていたオルレアの視線が、釣られて跳ね上がる。声も、漏れた。

「あ……」

「なんだよ？」

オルレアはじろりと睨まれ、慌てて居住まいを正し、首を横に振った。

「何でも……ないです」

「うっし」

ゲルツは自分の背負っていた真っ二つの剣を、無造作に外して投げ捨てた。

そして手にしたカシナートの剣を、ひゅんと軽く素振りする。

その巌《いわお》のような手が柄《つか》を握りしめた途端、名匠の鍛えた刃は唸りを上げて空を切った。

甲高い叫び声のような風切り音。異形の刃は、まだ見ぬ敵を引き裂くために転輪する。

にたりと、ゲルツは牙を剝《む》き、鮫《さめ》のように笑った。

「良いねえ、気に入ったぜ……」

ゲルツはその体軀《たいく》に見合わぬ、魔法のような手並みで背にカシナートを納めた。

オルレアはずっと、嵐が過ぎ去るのを待つように俯いていた。

だが、それで済む事がないのも、わかっていた。

「こないだの話、まとまったぜ。付き合ってくれるよなァ？」

付き合えでも、ついてこいでもない。命令ではなく、要望。頼み。

それが実際は逆らえないものだったとしても、ゲルツはいつもこう告げるのだ。

お前は自主的に俺たちに従ったのだ。お前の自由意志なのだ、と。

だから、そう。

オルレアはこの時だって、自分の意思で、頭《こうべ》を垂れたのだ。

「………はい。もちろん、です」

「よぉし、良い子だ。じゃあついてきな！」

そしてゲルツは振り返りもせず、現れた時同様、ずかずかと襤褸屋を後にする。

オルレアが付き従わないなど、疑いもしない。

それは信頼などではなく、自分が彼女の飼い主であるという確信が齎すものだ。

のろのろと、オルレアは立ち上がった。呪いに蝕《むしば》まれた体が、酷く痛む。

最後に彼女はちらりと背後――布の奥を見やって、足を引きずるように去って行く。

後に残ったのは、床に放り出された真っ二つの剣と――……。

「ｓｎａｒｌ………」

野良犬めいた残飯《ガーベイジ》が一匹。

彼女は床に転がされた剣にすたすたと歩み寄ると、それを拾い上げた。

矯めつ眇《すが》めつ剣を眺め、軽く一振り。そして不満げに鼻息を一つ。

ガーベイジは「まあ良い」とでも言うようにその剣を担ぐと、さっさと家路についた。

何しろこないだ、あのやかましいのがいなかったせいで戦果なしだったのだ。

手本を見せてやらねばならない――などと考えたかどうかは、さだかではない。

だがいずれにせよ彼女が持ち帰った剣を見て、ララジャは目を剝いて驚いた。

そしてガーベイジの足跡を辿り、地下一階の雑踏を探し回るのに、三日。

辿り着いたあばら屋には、既に新しい住人がいて、ララジャを驚いた目で見上げていた。

オルレアはそれっきり、姿を消したのだった。

§

嫌な予感はするけれど、それだっていつもの事だ。

だからきっと、そう。それほど悪い事にはならないんじゃあないか――……。

迷宮を歩く度、オルレアは常にそう考えていた。今日も、そうだ。

前をゲルツ、左右を他の名も知れぬ冒険者らに囲われて、地下通路を進んでいく。

ぐるぐる、ぐるぐる。何処を見ても同じ地形、同じ壁、同じ床。

ともすれば全てが黒に白線で作られているようにさえ、思えてくる。

それに気づく度、オルレアは危ういなと、自分を戒め、強く目を閉じるようにしている。

もう一度開けば、そこにはまた代わり映えのしない迷宮の姿が蘇《よみがえ》ってくる。

だから、まだ大丈夫。自分はまだ正気だ。

「やあ、やあ、よく来てくださいましたなァ」

不意に声がして、ゲルツがゆっくりと足を止めた。

見ればその向こうの暗闇に、あの——正体不明の、怪しげな僧侶の姿があった。

首からは相変わらず奇妙な欠片のような護符を下げていて……顔には、笑み。

オルレアは今更ながら、その僧服の意匠が牙である事に気づいた。牙の僧侶。

「おう。随分と儲《もう》かりそうだったからな。聞くだによ」

「ええ。現世利益については保証いたしますとも。……さ、此方へ——……」

そう言って僧侶が導いたのは、一寸先すら見えぬ、深淵《しんえん》の闇の奥だ。

ごくりと唾を飲んだのは、オルレアだったろうか。それとも他の冒険者か？

だが少なくとも、ゲルツではなかったはずだ。

「おっし、行くぜ」

彼は何一つ恐れるものはないと、躊躇《ちゅうちょ》無くその闇の中に踏み込み、姿を消した。

オルレアは足が動かなかった。震えて、竦んで、一歩が前に出せない。

「あ……」

と微《かす》かに声が漏れた。背後から舌打ち。

「あうッ⁉」

そして鈍い痛みと共に、彼女の痩軀《そうく》は暗黒の中へと突き飛ばされた。

剣の柄か何かで打ちのめされたのだと、気づくよりも早くその細腕が握られる。

骨が折れるのではないかという激痛に「ひぅっ」と押し殺した悲鳴が漏れた。

「てめえが来なけりゃ話にならねえからなァ」

「な、ぁ……？」

ぐいと闇の中から再び迷宮にオルレアを引きずり出したのは、ゲルツだった。

混乱したまま、一つきりの瞳で周囲を見回す。

――……こべ、や……？

そう、小部屋。そこは狭苦しい、小さな、両開きの扉のある玄室だった。

オルレアが戸惑っている間にも、どやどやと他の冒険者が押し寄せてくる。

逃げ道を探す――そんなつもりもなかったが――ようにオルレアは四方を見回した。

だが彼女の腕はゲルツによってしっかり摑《つか》まれ、扉の前にはいつの間にか、牙の僧侶。

「これは天地を繋ぐ祭壇のようなものでしてね……」

「能書きは良い」とゲルツが吠えた。「さっさとやれ」

「ええ。もちろんですとも。では、失礼をばして……」

牙の僧侶は小部屋の壁に埋め込まれた、幾つかの端子を、鮮やかな手並みで操作した。

途端にがくんと部屋全体が揺れて、オルレアは「ひゃっ」と小さく悲鳴を上げる。

浮遊感――落下にも似た――落ちている？

だがよろける自由も、へたりこむ自由も、しがみつく自由も、彼女には無い。

腕をぎりぎりと握りしめられたまま、まるで吊《つ》り上げられるような有様。

オルレアの脳裏に、幼い頃に一度だけ見た死刑の光景が蘇った。

酒場で、面白い見世物として披露されたそれは、罪人の乗った台の底が抜けて始まる。

奈落に落ち、けれど首にかかった縄で吊《つ》るされ、それによって命を落とす。

どうしてか記憶の中の罪人の顔は、かんていとなる以前の自分の顔で――……。

――ひゅう、どすん。

何処までも深く沈んでいく昇降機の中で、その様が、いつまでもこびり付いて離れなかった。

第四章
グレーター デーモン

モラディンはかちゃかちゃと、手元の探針を動かしながら、曖昧な口調で呟《つぶや》いた。

「といったって、おいらも別にそうはっきりとわかってるわけじゃねえのさ」

「言葉が足らんぞ」

面々の傷を確認していたタック和尚《おしょう》がぼやいた。

「もう少し具体的に言わんか」

何と言ったって、今パーティの命運を握っているのは、この小さな盗賊なのだから。

周囲を警戒しながら、モラディンが宝箱に向かっている間——残り五人が、やれる事は無い。

故に戦いの後、モラディンの声に耳を傾ける。それくらいのものだ。

厳密にはホークウィンドとてできるが、この黒衣の男も手先の早業ではモラディンに譲る。

そのうちの一つが宝箱に仕掛けられた罠《わな》であり——対処できるのはモラディンだけ。

それに迷宮には怪物以外の脅威も満ち満ちている。

今のところは、という但し書きこそつくものの、それは六人全員が認識している。

彼ら《スケイル》でも最上位、迷宮探索の最前線を行く冒険者にとって、然程《さほど》の脅威は無い。

玄室には死臭が立ちこめている。

暗闇の中、気の抜けたモラディンの言葉に、オールスターズは何となしに耳を傾けた。

「いやさ、《スケイル》——……いや、《迷宮《ダンジョン》》かな」

「あん？」

「なんか、変わったよな」

「風というか、潮目？　今までは、ただ延々と探索するだけって感じだったのがさ……」

「ああ」と頷《うなず》いたのは、竜頭の兜《かぶと》のセズマールだ。「わからんでもないな」

豪放闊達《かったつ》を地で行く気の良い男だ。彼はからからと愉快そうに笑い、鎧《よろい》の肩当てを揺らした。

「ここ最近は難事続きだ。モンスター配備センターに、赤の竜と。楽しくて良い」

「あたしはごめんよ、セズマール」

対して、つんけんと不服げに声を上げたのはサラだ。唇を尖《とが》らせて、彼女は言う。

「私は呪文を極めたいのであって、英雄譚《えいゆうたん》に歌われたいわけじゃないの」

「おっそろしい聖女様じゃあ、麗しのエルフ様でも貰《もら》い手がいねえもんなァ」

「後で蹴るわよモラディン」

長耳を逆立てるエルフの言葉に、レーアは「おおっと」と忍び笑いながら呟いた。

後でというあたりに彼女の性格が出ている。宝箱の開封は邪魔しないの意。

「じゃあお偉いプロスペロー先生のご意見はどうなんだい？」

「私に聞くな。星読みの事は専門外だ」

これでなかなか女性受けのよい美貌の魔術師は、深々と息を吐《つ》いて首を横に振る。

「ただ、そうだな。流れ……というのがあるのは確かだろう。不思議な事だが」

「まあ、そうよね」

意外にも、その胡乱《うろん》な言葉に同意を示したのはサラだった。

彼女は宝箱の傍《そば》にしゃがみこんで膝の上で頬杖《ほおづえ》をつくと、物憂げに息を吐く。

「イアルマスのやつが、ガーベイジちゃんを連れてきたくらいから……ね」

彼女の心配の矛先が、イアルマスに向かっていないのは明白だった。

黒衣の死体担ぎを気にかけている友人のエルフと、奴に付き従う赤毛の娘。

おまけに最近はもう一人、気弱で背の高い、魔術師の女の子まで加わっている。

それに真面目で熱心な、ララジャという少年の事だって心配だ。

何と言ったって、イアルマスにそのあたりの面倒を見る甲斐性《かいしょう》は——……。

「あるんだか、ないんだか……」

「あれでなかなか愉快な男だぞう?」

「セズマールは誰にだってそーゆーでしょー?」

見張りをしている鎧男なら遠慮はいらない。サラはメイスの先で、セズマールを突いた。

おどけて盛大によろけるセズマールが、鎧をがちゃがちゃと鳴らす。

その騒音にも我関せずと腕組みをしたホークウィンドは、まあ常通りとして……。

「ま、大いなる流れがあるとして、その中で、わしらにできる事はそう多くはあるまいよ」

一番の年長者であるタック和尚が、しみじみと、含蓄のある口調で呟いた。

それに真っ先に「む」と唇を尖らせたのは、いつも通りサラだ。

「何よそれ、諦めろって事?」

「そうではない。川の中を泳ぐ魚は、別に川に支配されているわけではあるまい」

彼女は興味にしろ反発にしろ、心の赴く事には素直に従う。

それを好ましいと、この年老いたドワーフは常から思っていた。

故に自然と、その言葉は若人を教え諭すようなものになりがちだ。

「思うがまま、泳ぐだけの事だ。嵐の中でも、濁流の中でも」

「川を恨む魚はいないか」

不意にホークウィンドが、低く笑った。

珍しい事もある――いや、こいつもセズマール曰《いわ》く『中々に愉快な男』だ。

それをパーティの面々は、全員が承知して付き合っている。

「だが、落ち葉は風を恨むと言うぞ」

「落ち葉と違って、私たちには手も足もあるわよ」サラが鼻を鳴らした。「魚とも違うわ」

「魚にも肺があり、手足のあるものもいると聞くぞ」

杖《つえ》にもたれるようにして宝箱を眺めていたプロスペローが、混ぜっ返した。

「つまり、彼奴《きやつ》らも川の流れに支配されているわけではないという事だな」

「陸を歩く魚？　ウェー……」

何をどう想像したのか、サラが盛大に顔をしかめて、気持ち悪そうに呻《うめ》く。

そんな仲間たちのやり取りを背後で聞くのが、モラディンにとっては心地よかった。

使命感や緊張感は必要だ。だけど同時に、気楽に手を動かす余裕だって必要だ。

後ろにこいつらがいるというのは、真剣さと安心を同時に齎《もたら》してくれる。

何かあっても何とかなるさ。

モラディンはそう思うし――……。

「おおっと」

だからこそ、こうしてカチャリと罠を外して鍵を開ける事もできる。

「なに？　死んだ？」

「中身次第だな、っと」

サラの茶々入れに笑って応えながら宝箱の蓋に手をかけ……その動きが止まった。

モラディンが何か言うよりも早く、ホークウィンドがすっと腰を落とし身構える。

そこからの動きは速かった。

オールスターズは流れるような動きで布陣を敷き、装備を手にとり、臨戦態勢。

「どこからだ？」

愛剣ワースレイヤーを抜き放ちながら、まるで散歩の行き先を尋ねるようなセズマール。

「あっち」

モラディンは二重の意味で適当な応えを返した。

「足音が響いてら。数が多いんだか、でっかいんだか……」

「両方だ」

ホークウィンドが断言した。

「備えろ。来るぞ」

「いざとなったら《帰還》《ロクトフェイト》だ。わしかサラ、呪文が残っている方が……」

「……あれ、服も何もかも消えるんですけど？」

「《チューザンメ《魔力の帳よ》　レー　ターウーク《呪力の壁となれ》》……！」

僧侶たちのやり取りをよそに、淡々とプロスペローは真言《トゥルーワード》を唱え上げる。

不可視の力場が皆を包み込むのがわかる――が、プロスペローは重々しい口ぶりを崩さない。

「念のため《呪壁《コルツ》》を張りました。どれほどの意味があるかはわかりませんが」

「なあに、どんなものだって無いよりはマシだ」

セズマールは気楽に呟いた。鉄兜《てつかぶと》の下、玄室の奥、通路に続く闇を見据える。

地鳴りのような足音は、もはや全員の耳に轟《とどろ》いていた。唇を舐《な》める。

「さて、お出ましだ……！」

現れたのは――悪魔だった。

§

それは、青黒い筋肉の塊であった。

巨木のごとき手と足。皮膚の無い剥《む》き出しの筋繊維が膨れ上がり、二腕二脚を形作る。

その上には獣の髑髏《どくろ》めいた頭部。捻《ねじ》れた大角。爛々《らんらん》と燃える青白い瞳。背には翼。後には尾。

何よりも――その怪物は、迷宮の天井にまで迫るほどの、巨軀《きょく》。

そう、どれほどの高さがあるのかも知れぬ、迷宮の天井と同じ高さ。

さしもの六英雄、オールスターズといえど息を呑《の》んだのは当然のことだろう。

そして彼らがその瞬間以上の遅滞を許さず、即時戦いに切り替えたのは、特筆すべき事だった。

「《ラーアリフ《我が》　ターウーク《六識よ》　ミームアリフ《空を》　ぺーイチェー《満たせ》》」

正体不明の怪物に対しての鉄則は、その正体を解き明かすこと。

故に真っ先に《識別《ラツマピック》》を唱え上げたサラが、即座に悲鳴のようにその名を叫ぶ。

「グ、グ、グ、グ、グレーターデーモン⁉」

魔界の深淵《しんえん》に潜む恐るべき魔神。それが目の前にいる。襲いかからんとしてくる。

神話伝承の中にしか存在し得ないはずの脅威。現実離れした現実。

膝が震え、砕けそうになる。これは試練か、戯《たわむ》れか？　サラは心の中でカドルト神を大いに呪った。

――そりゃ迷宮には何がいたっておかしくないけどさあ……！

「これは無しでしょ⁉」

「《ベーアリフ《逆しまの風よ》　ミームアリフ《彼方より来たりて》　ターウーク《我らの守りとならん》》！」

「モラディン、後ろを守れ！　ホーク、右だ！」

「おお！」

タック和尚が朗々と《祈願《バマツ》》を唱える中、セズマールの声にホークウィンドが応じた。

漆黒の影が迷宮の床を滑るように走り抜け、巨体の悪魔に飛びかかる。

それはさながら、大樹のまわりを蜂が飛ぶが如《ごと》しだ。まずは右腕。そこに一太刀。

ホークウィンドが腰の刃を引き抜いて叩《たた》き付けた一撃は、その外皮に僅《わず》かな痛痒《ダメージ》を与えるばかり。

だがその僅かに敵が鈍った瞬間は、セズマールが仲間たちの知恵を頼る貴重な時間である。

「なに、グレーターデーモンだって？」

「気をつけてください」

障壁の固着に意識を割きながら、プロスペローが囁《ささや》くように告げた。

「書によれば奴は息するように冷気を操り、その手に瘴毒《しょうどく》を纏《まと》っていると……」

「お前の《呪壁《コルツ》》があるじゃあないか」

「どれほど保《も》つかわかりかねます」

「なら、破られる前に倒すさ」

セズマールは子供が母に夕飯までに帰ると告げた調子で、ワースレイヤーを片手に飛び出した。

「お、っらあ‼」

木こりだとて巨木を打ち倒す事はできる。獣殺しの刃は悪魔の脚に深々と埋まった。

「――――――」

血が迸る《ほとばし》――上位魔神が苛立《いらだ》たしげな仕草で口を開き、無造作にその腕を振るった。

「う、お、おッ⁉」

途端、小蠅《こばえ》を払うかのように軽々とセズマールは打ちのめされ、宙を舞った。

白銀の全身甲冑《かっちゅう》が迷宮の石畳に激突し、轟音《ごうおん》を響かせる。

「セズマール⁉」

「いや、無事だ」サラの悲鳴に、戦士は快活に応えて、石畳の上でもがいた。「祝禱《しゅくとう》様々だ」

だがその動きは、声も、見るからに弱々しい。鎧はひしゃげ、明らかに命が削られている。

――違う！

サラはすかさず読み取った。あれは負傷だけではない。麻痺《まひ》だ！

「神の加護とて無尽蔵ではない、そうは持たぬぞ……！」

「わかってる……！」

故にタック和尚の叫びに応じて、真っ先にサラがセズマールへと駆け寄った。

乙女の癒やしがあるならば、死人以外、あらゆる傷は傷の内に入るまい。

だが、いかなエルフといえど神代の俊敏さは衰えて久しい。

のろのろと立ち上がるセズマールに、魔神の腕が迫る。

「チェッ！　セズマールもホークも形無しじゃないの。となら――……！」

そして、それを見逃す〝後ろを守れ〟モラディンではない。

レーアとは古来より見上げた種族だと言われている。

その勇敢さは、寿命の長さが人と変わらぬものになったとて失われてはいないのだ。

彼は素早く背嚢《はいのう》から赤樫《あかがし》の杖《つえ》を引き抜くと、両手でそれを構え、魔神の鼻先に突きつけた。

「これでも食らえ、だ！」

途端《炎の杖》から迸った火炎が、グレーターデーモンの顔面を焦がした。

先だって《モンスター配備センター》で手に入れた、彼らの成果の一つである。

とはいえ前衛の戦士には無用の長物。術者三人も各々の担当する呪文がある。

かくて並の怪物なら消し炭にできる火力を与えられ、モラディンは内心鼻高々だったものだが。

しかしレーアの盗賊は、顔を焼かれた魔神の瞳に燃える火を見て目を剝く事になる。

《大炎《マハリト》》に匹敵する業火は、しかし魔神の外皮を焦がすことさえできなかったのだ。

「つかぁー……⁉　やっぱ厳しいぜぇ、こらァ……‼」

だが——そう、やはり時を稼ぐには十分すぎる働きをしたと言えるだろう。

「イィーヤァッ‼」

炎を裂いて響き渡るはホークウィンド裂帛《れっぱく》の叫び。

両手に刃を握った彼は虚空《こくう》にて身を捻《ひね》り、旋風のように渦を巻いて魔神の腕に躍りかかった。

「——————⁉」

声なき絶叫。誰もが目を疑ったろう。セズマールに伸ばされた腕は、虚空へと消えていた。

ホークウィンドの一撃が、巨木の如き魔神の腕を切り飛ばしたのだ。

「とはいえ、やはり首をはねとばす《クリティカルヒット》のは無理だな……」

回転し着地したホークウィンド、忍びの者は低く呻いた。

この世のものではない彼奴らが死より守られている事を、彼はよく知っている。

「プロスペロー、《呪壁《コルツ》》は無駄だ、解いてしまえ」

「おかしいですよ⁉　グレーターデーモンは呪文を使うはずなのに……！」

「こいつはいいいいいいいい使わん」

その言葉の意味を、プロスペローは正確に理解したわけではなかっただろう。

だが彼をこの時動かしたのは、頭に詰め込んだ知識ではなく、仲間への信頼であった。

「《ラーアリフ　ヘーアー　ラーイ　ターザンメ》《炎よ嵐となりて吹き荒れよ》！」

プロスペローは嵐を呼ぶその名の通り、《炎嵐《ラハリト》》を呼び寄せ、魔神へと叩きつけた。

「────!?」

その熱風をもろに受けて、初めてグレーターデーモンの巨体が大きく傾《かし》ぎ、よろめく。

第四階梯《かいてい》、やはり伝説的なこの位階の炎ならば通るのかと、モラディンがプロスペローを見やる。

だが《スケイル》で五指に入るであろう大魔術師は、額に汗を滲《にじ》ませて大きく首を左右に振った。

「魔神に術は効きません！　ただ、熱風で抑えているだけです……！」

結局のところ、これは全て時間稼ぎにほかならない。

では、何のために時を稼いでいるかといえば、答えはたった一つ。

「良いぞ、みんな……」

「いいから、あんたはもう少し大人しくしてて……！」

サラは皆の稼いでくれた時を贅沢《ぜいたく》に使って、ぴしゃりとセズマールに言い放った。

よろよろと身を起こしたセズマールの有様は、まあ酷いものだ。

純白の甲冑は大きくへこみ、血は滴り、何より常の力強さのまるで無い声音。

彼が高い集中力《ヒットポイント》で受け身を取り、《祈願《バマツ》》に守られていたからこそ繋《つな》いだ命。

「二連続行くわよ、歯ァ食いしばりなさい」

サラが白い掌《てのひら》を血で赤く染めるのも構わずに、セズマールの胸板に当てられた。

「《ダールイ《生命よ》　アリフラー　カフザンメ《汝の名は柔かき石なり》》」

額に汗をにじませ、奇跡の呼び水となる《柔軟《ディアルコ》》の祝禱を神に希《こいねが》う。

萎《な》えたセズマールの四肢《しし》に力が戻り、強張《こわば》った関節はその柔らかさを取り戻す。

そして深呼吸を一度。額に汗が滲み、息が掠《かす》れる。彼女にとっては負担の大きい、魂削る祝禱。

──それが、なんだっていうのよ……！

その程度で目の前の男が助かるというのなら、そんな物、いくらでも削ってしまえば良いのだ。

「《ミームアリフ《遍く天地に息づく命の力よ》　ダールイ《この者のもとへ集え》》！」

乙女の祈りは天に届き、《完治《マディ》》の奇跡が起こった。

四方に満ちる生命の息吹が渦を巻いてセズマールに注ぎ込まれ、その身を賦活していく。

潰《つぶ》れた肉は盛り上がり、砕けた骨は繋がり、失われた血は内から湧き上がる。

見る間に死の淵《ふち》から立ち戻った英雄の鉄兜を、サラはぴしゃりと両方から挟むように掌で覆った。

面頬の奥、見えざる相貌。そこを瞳に涙を滲ませさえしながら、サラは真剣に覗《のぞ》き込む。

「無理は禁物。死んだら私じゃ治せない。無駄な出費はまっぴらよ。良い？」

「うむ！」

「なら、よし！　行って！」

サラはあらゆる気持ちを飲み込んで、立ち上がるセズマールの背中を叩いて押した。

いくら傷を繕い、骨を繋いだとて、魂魄《こんぱく》の消耗ばかりは癒やせない。

大きく肉体を損なった遺体の蘇生《そせい》が困難なのは、冒険者の間では周知の事だ。

だが恐れを知らぬ男、セズマールは獣殺しの刃を片手に堂々と立ち上がる。

目の前には片腕を失った上位魔神。此方《こちら》には頼れる仲間。自分は生きている。

「ならば負ける道理のあるものか！」

セズマールという男、迷わず前向きに突き進むところが自分の長所だと確信している。

彼は獣殺し、ワースレイヤーを両手で振りかぶり、まっすぐグレーターデーモンに突き進んだ。

「おおおうッ!!」

主の期待に背かない事が名剣の証《あかし》だというのなら、ワースレイヤーはまさにそれだ。

鍛え抜かれた鋼鉄の刃は主の膂力《りょりょく》に応え、ついに魔神の脚、筋骨を深々と断ち切った。

「────!?　!?」

上位魔神の声なき悲鳴が音も無く大気を、迷宮を鳴動させ、震わせる。

《炎嵐《ラハリト》》の勢いに押され傾いでいた魔神の巨軀が、大きく斜めに崩れた。

どぉ、と。そのまま轟音《ごうおん》と共に石畳の上に倒れ込む、その隙を逃す冒険者ではない。

「やれえ、ホークウィンド！」

「おう！」

魔神の返り血を浴びたリーダーの声に応じて、ホークウィンドが刃を手に飛び上がった。

彼は梢《こずえ》を走るムササビの如き動きで魔神の巨体を駆け上がり、喉元に迫り、そして────……。

「イィヤッ!!」

とどめの一撃としてその巌《いわお》のような頭を、叩き落としたのだった。

ごろんと生首が石畳に転げる様は、むしろ滑稽なほどに呆気《あっけ》ない。

全員が——少なくともホークウィンド以外が——大きく息を吐き、顔を見合わせる。

「終わった……の……？」

「……と、思いたいですね」

サラがへなへなとへたりこみ、プロスペローが大きく息を吐く。

冷静沈着なタック和尚とて思わず額に滲んだ汗を拭い、モラディンが顔をしかめた。

「言っとくけど、おいらがアラームを引いたってわけじゃあねえよ？」

「わかってるさ」

セズマールが、ワースレイヤーに血振りをくれて言った。

「あれはどうみたって徘徊する怪物《ワンダリングモンスター》だ」

「この階層にあんな怪物が徘徊《はいかい》している、というのはぞっとせんの……」

サラの様子を確かめ、プロスペローを労《ねぎら》い、モラディンの肩を叩いて、和尚が歩み寄る。

彼はグレーターデーモンを検分するホークに一瞥《いちべつ》をくれた後、セズマールの傷を看《み》た。

サラの奇跡は的確だったといえよう。少なくとも問題は無い。

しいていえば、この若者がまた一つ迷宮の深淵に踏み込み、人の域を外れた事か。

そうでなければ生き延びる事はできないとはいえ、タック和尚は憂鬱《ゆううつ》であった。

神魔の峰を上り詰めた者の末路など、そう喜ばしいものばかりではないからだ。

「今までが運が良かっただけか、今回がことさら運が悪かっただけか……」

「これも和尚のいう『大きな流れ』ってやつなんじゃないのか？」

「かもしれん」タック和尚は重々しく頷いた。「一度戻って立て直すべきだの」

「だな。おい、ホーク！」

特に反対する理由もない。セズマールは、魔神の屍《しかばね》の上に立つ男を呼ばわった。

しかし、返事は無い。

黒衣の男は未だ両手に刃を提げたまま、じっと闇の奥を見据えている。

「ホーク？」

――臨戦態勢。

その意味のわからぬオールスターズではない。

信じられないという心より、生存するための肉体が体を突き動かす。

疲弊した体で各々《おのおの》の武器を構え、杖を取り、闇を見据え、身構える。

迫り来るのは――轟音、振動、圧倒的な存在感。幾つもの……。

「冗談でしょ……？」

そんなことあって欲しくは無い。

全員の気持ちを代弁し、サラが今にも泣き出しそうな声で呟いた。

彼女は全身全霊でもって、先ほど内心で罵ったカドルト神に詫《わ》びていた。

これが試練だというならもう十分です。戯《たわむ》れならご勘弁。罰ならばお許しを。

「言っただろう」

対して、ホークウィンドはさして動じる事も無く、平然としたものだった。

彼は闇の奥を見ていた。迷宮の奥。そこから迫り来るものを。いつものように。

巨大で、大群。

「両方だ」

次の瞬間、グレーターデーモンの軍勢が押し寄せてきた。

§

「なるほど……道理で遺体が見つからなかったわけですね」

「過去形か」

「現在進行形でもありますよ」

イアルマスの言葉に、シスター・アイニッキは物憂げな溜息《ためいき》を吐いた。

カント寺院での事である。

長椅子に並んで腰を下ろし――イアルマスは無理に座らせた――いつものお説教。

そして事の顛末《てんまつ》――ララジャの探していた冒険者の娘の末路を、今し方聞いたばかりだった。

――まったく。

アイネが嘆くのは彼の報告が遅れたことでも、そして再び件《くだん》の娘が行方不明になった事でもない。

「より良き生のために蘇生を賜《たまわ》ったというのに、まったく不遜《ふそん》な事です」

せっかく死を覆された娘が、そのようにして自らの生を使い潰している事に対してだった。

それくらいならば、いっそそのまま神のおわす死の都にいれば良かったものを。

蘇生させる側も側なら、蘇生に応じる死者の方も死者の方だ。

そのような境遇を撥《は》ね除《の》ける程度の気概があればこそ、だろうに。

「それで、どうなさるおつもりなのです？」

「ベルカナンと一緒に地下一階を歩き回って探しているよ」

「イアルマス様の事を伺っているのです」

「さて、どうなさるおつもりなんだろうな……」

イアルマスはそう呟いて、寺院の中庭、日差しの下に座り込む少女を見やった。

赤毛の娘は草むらに座り込み、二振りの剣を前にして難しい顔をしていた。

時折片方を取っては振り、片方を取っては振り、比べて、顔をしかめている。

どうやらゲルツの打ち捨てていったと思わしき剣も、彼女のお気に召さないらしい。

——カシナートの剣も嫌。真っ二つの剣も嫌か。

イアルマスは、僅かに口元を緩めて声を漏らした。

「贅沢な奴め」

「あら、それは傲慢《ごうまん》というものですよ、イアルマス様」

ぴんと長耳、彼女の美貌の根源を示すそれを尖らせて、アイニッキは言った。

「彼女が欲し求めているのは、ただ強い剣ではなく、彼女の剣でしょう？」

「例のオルレアとかいう娘も、ゲルツの事も、迷宮《オ》の探索《レ》には関係が無いからな」

「はい」

「端的に言えば」

だがその当の本人、黒衣のイアルマスは深々と息を吐いた。

イアルマスだけがアイニッキの笑い声を耳にしていると知れば、彼を呪う男は多かろう。

その声は鈴の鳴るように響き、それを独占できる事はどれほどの幸運だろうか。

「あのイアルマス様が『どうすればいいいいいいいい良いかわからない』などとは！」

銀髪の美しいエルフは、先祖から変わらぬ優雅さで目を細め、くすくすと笑った。

「あら、ご自分でお気づきにならないのですか？」

「何がだ」

「しかし、珍しい事もあるものですね」

シスター・アイネは得意げに、その生命力を湛《たた》えた豊かな胸元を反らしたのだった。

「十理はありますとも」

「一理ある」

そう言うアイネの言葉に、イアルマスはたっぷりと考えた後、頭を上下させた。

ましてやこの街にいる冒険者であるならば。

「与えられたもので、誰が満足するものですか」

「ふむ」

——馬鹿なことを。

時折、この年齢不詳の男がすっとぼけた愚《おろ》かな事を言うのには、彼女とて呆《あき》れてしまう。

だが、それもまた良しだ。

足りていないという事は、さらに生の価値、死の価値を積み重ねられるという事なのだから。

シスター・アイニッキは足りていない事、それを埋めんとする事こそを尊ぶ。

「関係あるか無いかを突き詰めると、人は食べて寝てまぐわうだけでしょう？」

アイネは平然と男女の睦事《むつごと》について口にして、ぴんと指を一本立てて見せた。

出来の悪い坊主に根気強く慈悲深く教えを説く、高僧のような仕草だった。

「それの何処がより良き生ですか。すべては関係の無いこと、無駄なことから始まるのです」

「無駄な事は、無駄ではないと？」

その言葉の意味を噛《か》みしめるように呟き、イアルマスはゆるく首を横に振った。

「哲学だな」

「いーえっ、神学です！」

「それはそうだ」

であるならば、たかだか死体運びのイアルマスが、その意味を悟れるはずもなし。

むしろ納得だった。

そんな彼の様子を見て、シスター・アイニッキは僅かに頬を緩めた。

「冒険も、そうではありませんか？」

「それは――……」

さて、どう答えようとしたのだろうか。

イアルマス自身の考えがそこに及ぶよりも早く、ばぁんと勢いよく扉が開かれた。

「イアルマス、いるっ⁉」

飛び込んできたのは、一人のエルフの娘だった。

周囲の参拝者や僧侶の目も気にせず、彼女はずかずかと寺院の奥へと突き進む。

「ちょっと、手伝ってもらいたいんだけど……！」

オールスターズのサラは、不本意丸出しの表情で、イアルマスにそう言い募る。

ちょいと顔を上げたガーベイジが、その姿を見て「yelp⁉」と小さく吠《ほ》えて後ずさった。

汗を垂らし、涙を滲ませ、髪を振り乱し、その白い肌は擦り傷と埃《ほこり》まみれ。

それでも彼女の美しさが損なわれないのは、彼女がエルフだからだろうか。

あるいは――その肌身を、薄衣一枚で辛《かろ》うじて覆った、そんな有様だったからか。

§

「くそっ、残飯にイアルマスの野郎め……！」

地下迷宮に響くラジャの罵声《ばせい》に、後に続くベルカナンはびくりと身を竦《すく》ませた。

ちゃりんちゃりんと投じられる金貨の弾む音。足音が二つ。

時折地図を見ながら進んでいくにしても、たった二人ぼっちの探索。
それはベルカナンにとって不安だったし――……ちょっぴり嬉《うれ》しくも、あった。
「ララジャ……くんなら、大丈夫って……思ったんだよ」
それと僕なら――と、口にするほど自信過剰には、なれなかったけれど。
実際ララジャの動きは、素人に近いベルカナンの目からも、見違えるほどだった。
通路を進む際に四方に目を配り、足下の罠に気をつけて、慎重に、堂々と、道を行く。
単に実力《レベル》があがった、という事ではないだろう。
迷宮を進むにあたって、何をどうすれば良いかを、着実に彼は学びつつあった。
ただ怪物と戦って生き延びるだけでは得られぬ経験が、確かにそこにはあった。
もっとも――……。
「いいや、あいつは絶対そんな事思ってねーな。そうか好きにしろ、だぜ?」
当の本人は、そんな状況に無自覚で、不満しか無いようだったか。
まあ無理もない――かなあ、とベルカナンは考える。
オルレアというあのレーアの少女が再び行方知れずになった。ゲルツと共に。
それは《スケイル》ではありふれた話だが、ララジャにとっては話が違う。
どうにかして彼女とまた会って話したい。手伝ってくれ、と。
そう頼ってきた相手にかけるには、随分と投げっぱなしな発言ではあった。
さらにガーベイジに至っては……と、ベルカナンは少年の背を見ながら、苦笑い。

――あれはでも、ララジャくんが悪い、かなあ……。

何がいけないって、ガーベイジが持って帰ってきた剣がいけなかった。

血まみれガーベイジが鼻高々、どうだと獲物を見せびらかすように突き出した剣。

それが真っ二つの剣だと見て取った瞬間、ララジャは思わず剣を奪い取ってしまった。

『お前、これ、どこで――――……⁉』

当然、ガーベイジは一声吠えて飛びかかった。

くれてやるのは良いが、ぶんどられるのは我慢がならぬ。

生まれてこの方そんな事を許した試しは一度だってないのだ。

取っ組み合って殴り合い、噛みつき、蹴っ飛ばし、投げ飛ばし。

体格差があろうと、竜殺しの戦士に盗賊が敵《かな》うはずもなく。

剣を取り戻したガーベイジは、ララジャに向かって唸《うな》り、そっぽを向いてしまったのだ。

結果――二人。ララジャとベルカナン。

その目的を思えばベルカナンの大きな胸の奥で、ちくりと鈍い痛みは走るけれど。

それでも頼られたことが嬉しくて、彼女はその巨体でのそのそと彼の後に続いた。

「……けど、探すあて、って……あるの？」

「…………ねえけど」

ララジャは痛いところを突かれ、それを認めるのが嫌で、顔をしかめた。

「……ねえけど、探すっきゃ、ねえだろ」

「……うん」

それっきり会話が止まってしまう。

それが嫌で、ベルカナンはおどおどと辻《つじ》の先を見ようとしながら、必死に頭を動かした。

「えと、アイニッキさんに頼んで、《所在《カンディ》》をかけてもらう、のは……？」

「あの人、絶対に金取るじゃん……」

投じた金貨の釣り糸を手繰《たぐ》り寄せながら、ララジャがぼやいた。

「金払うのは文句ねえけど、金がねえのに頼るのは……無しだろ」

「……うん」

ベルカナンはこくりと、小さく――傍《はた》からは大きく――頭を動かした。

《所在《カンディ》》でわかるのは仲間の死体の位置だけだ。

あえてそこを口に出す勇気は、ベルカナンにはなかった。

ならそもそも《所在《カンディ》》について口にするべきではなかったかもしれない。

途端に後悔の念に襲われたベルカナンは、矢継ぎ早、会話を繋ごうと口を動かした。

「じゃ、じゃあ、その……ち、地下一階で、聞き込み……とか？」

「悪目立ちしてなけりゃあな……」

「……ぁう」

「いや、お前じゃ……」とララジャは舌打ちをした。「ベルカナンじゃねえよ、俺だ」

だから結局、他に手は無いのだ。

升目《ますめ》を埋めるように、ひたすら地下迷宮を探し回る。一歩ずつ、着実に。

迷宮探索とはそのような、気の遠くなる果てしない作業の積み重ねなのだろう。

それを一人でやってきた、というイアルマスは——……。

——……なんなんだろう。

ベルカナンは、あの黒衣の男は嫌いではないが、得体が知れないとは、常に思う。

悪い人ではないはずだ。だから今日のこれだって、何か考えが——……。

「待て……！」

「ひゃっ」

不意に制止させられて、ベルカナンはびくりとその巨体を震わせた。

どすどすと慌ててララジャの後ろに隠れる——隠れている、つもりだ。

ララジャは迷宮の曲がり角、壁に張り付いて深く腰を落とし、短剣を抜いている。

それを見て、ベルカナンもまた、もたもたと杖代わりの竜殺しの剣を握った。

前に出るべきだろうか、呪文を唱えるべきだろうか。鍔広《つばひろ》帽子をぎゅっと押さえる。

「な、なに……？」

「わかんねえが、何か来る——……！」

はたして、すぐにそれは現れた。

「ええい、なんて奴らだ……！　なんたる不遜！　なんたる不敬！　極刑ものぞ！」

甲高いきぃきぃ声と、ぺたぺたという足音。おぼろに滲む、角灯《ランタン》の光。

大きな荷物を背負ったせいか、蚤《のみ》のように背骨の捻れた、乱心し喚《わめ》き立てる小さな老人――……。

「王の許しもなくアレを使うとは！　まったく、なんたる――……!!」

「おじいさん……？」

「おお！」

蚤男《ディンク》のバンクは、おずおずとしたベルカナンの声に目を爛々《らんらん》と輝かせた。

先達《せんだつ》て会った彼とはまるで違う異様な気配に、ひぅ、と思わず声が漏れる。

それを庇《かば》うようにララジャは前に出てくれるが、その背中は自分よりもとても小さい。

――……僕ももっと背が低かったら。

ふとそんな思いが過《よぎ》るが、ベルカナンはぱたぱたと黒髪を振って、追い払った。

「あ、あぶないよ……？　ここ、ダンジョン……一人で……」

「つか、何やってんだよじいさん。あんた、酒場で物と金の貸し借りやってんだろ」

「へへぇ……。いや、奇遇でございますな、お坊ちゃん、お嬢ちゃん……」

先ほどの異様な輝きはなりを潜め、老爺《ろうや》はその顔を皺《しわ》くちゃにして、媚《こ》びた笑みを見せた。

けれど――……ベルカナンには、なんとなくわかる。

この老人の本性こそは、先ほどのあの姿なのでは、あるまいか――……。

「いやね、迷宮に妙な気配がありましたもんで、ちぃと様子を見にねぇ……」

「ちょっと様子をって」ララジャが顔をしかめた。「田畑じゃあるめぇし」

「へ、へへ。似たようなもんでございやすよ。なんせ、冒険者が実る場でさぁ……」

「あんたにとっては金づる、飯の種か」

「えへへ……ま、そんなようなとこで……」

バンクはそう言って、にやついた笑みを隠さず、へこへこと頭を下げた。

だが――気にかかるのはそこではない。

ベルカナンは怯《おび》えた様子でララジャの向こう、バンクの後ろ、迷宮の闇を見た。

幼い頃に祖母の語り聞かせてくれた、恐ろしい怪物の話が脳裏を過る。

アルマールの街を襲った恐怖。妖術師ハルギス。古代皇帝の呪い……。

「あ、あの」声が上擦《うわず》った。「おじいさん。妙な気配って……？」

「お優しいお嬢ちゃん、お坊ちゃん」

バンクは、蚤のように小さな老人は、しかし問いかけに答えずに鋭く言った。

「すぐにお逃げなせえ。ここにいちゃいかん」

「なに？」

「ええ、ええ。あっしもね、お嬢ちゃんやお坊ちゃんを死なせたくは、ええ、ねえ」

そう言いながら、バンクはベルカナンの手に何かを押しつけた。

「え、と……？」

それは古く小汚い襤褸《ぼろ》布で、ひどく垢《あか》じみていて、元の色すら判別できない。

これはどういう意味なのか――……問いを重ねて聞く必要は、無かった。

闇の奥から、地鳴りが響いた。地響き。いや、これは――……。

「あし、おと……？」

「！　逃げるぞ、ベルカナン！　じいさんッ！」

「え、あ、きゃ……っ⁉」

ララジャの動きは何よりも早かった。

彼はベルカナンの手を取り、老爺の手を取り、踵《きびす》を返して走り出した。

いや、走り出そうとした。

だが、彼の摑《つか》めたのは魔術師の柔らかな手のみ。

「おい、爺《じい》さん⁉」

「おじいさん⁉」

よせば良いのに、ベルカナンはララジャに手を引かれながら、老人の方を振り返る。

老爺の背の向こう側、闇の奥——爛々と燃える瞳。あれは、あれは……。

「ひ、ぃ……ッ⁉」

ベルカナンは恐怖のあまり——異界の怪物を前に、思わず腰砕けになる。

かたかたと歯の根が震える。視界が歪《ゆが》む。喚き散らして、蹲《うずくま》りたくなる。

ありえない、ありえない、ありえない。そんな、こんなの。

そのざまを見た老人は、けたけたとやかましい笑い声をあげていた。

ララジャは舌打ちを一つすると、「おい、立て！」とベルカナンを必死に引き上げる。

その小さな、けれど堅く逞《たくま》しく熱い、彼の掌だけがベルカナンのよすがだった。

ベルカナンはひぃひぃと、泣き声とも悲鳴ともつかぬ声を上げ、脚をもつれさせ、走った。

「さあ、行け！　そしてくれぐれも急いで任務をつとめあげよ‼」

その背中を、どこまでもどこまでも――老人の笑い声が、追い立てていった。

§

「で、誰が死んだんだ。ホークか、セズマールか」

「おいおい、そりゃあ無いだろうよミフューン」

そう言って金髪の美丈夫はからからと快活に笑った。《闘神《ドゥルガー》の酒場》である。

その象徴《トレードマーク》である竜頭の兜は、そこにはない。

彼が纏っているのは平服で、愛剣ワースレイヤーも腰には下がっていない。

無論、それは他の面々も同じだ。

アイニッキから借りた僧服を纏ったサラをはじめ、オールスターズ六人。

各々の装備はまったく全て、完全に失われてしまっていたようだった。

例外は、ホークウィンドのみ。

寸鉄一つ帯びぬ彼だけが、何故か常と変わらぬひりついた剣呑《けんのん》さを纏っていた。

「サラが血相を変えて飛び込んできたものでな」

そうした六人と対面して、イアルマスはゆったりと寛《くつろ》いだ様子で言った。

ガーベイジはといえば、相変わらずサラの膝の上だ。

やたらめったらぎゅうと抱きしめられているのに閉口しているらしいが、大人しい。それを気遣いと受け取って、サラは優しく赤毛の娘の頭を撫《な》でてやった。

「ｗｏｏｆ……」

不機嫌そうな唸り声。でも付き合ってくれるのは、ありがたい。

どうやら思いのほか、自分は動揺していたのだろう。

少なくともこの残飯とあだ名される少女から見ても、わかる程度に。

そうして彼女のお陰で落ち着いてくると、気になってくるのが一つ。

借りた僧服の胸元が緩くて、腰回りが厳しいというのは……。

——まったく、もう！

彼女は友人への細やかな嫉妬を、目前の黒衣の男に八つ当たりする事で解消しようと決めた。

「私が死人が出てから《帰還》《ロクトフェイト》を唱えるほどのろまに見えるわけ？」

「唱えたのはタック和尚」

「ちょっと！」

そしてその目論見を、にやついたレーアの盗賊に制される。

抜け目のないこの男は、何処で調達したものか、上等な衣服を纏っていた。

よくよく見ると腰には短剣も帯びているではないか。盗賊らしいといえば、らしいが。

「とはいえ、まあ実際やばかったのはホントでさ」

そのサラの鋭い視線を追い払うように、当のモラディンはひらひらと手を振った。

「《柔軟》《ディアルコ》だって限りがあるだろ。麻痺と毒使うでっかい怪物の大群なんざな」

おまけに宝箱もないし——……という最後の一言も含め、彼の本音なのだろう。

その隣で深々と息を吐いたのは、その《帰還》《ロクトフェイト》を唱えたタック和尚であった。

鎧兜《よろいかぶと》に身を包めば厳の如き武僧でも、こうして見れば、年老いた老爺のようでもある。

「すまんな。撤退すべきか《帰還》《ロクトフェイト》かで、安全策を選んでしもうた」

歳は取りたくないものだ、と。和尚はその皺《しわ》くちゃの顔に疲弊を滲ませて呟いた。

全員無事に撤退できるかどうかは運だが、《帰還》《ロクトフェイト》は確実な地上への到着だ。

ただしその代償は、決して小さいとはいえない。

《帰還》《ロクトフェイト》によって救出されるのは、肉の体のみ。それ以外は置き去りとなる。

つまりオールスターズは、たった一瞬でその装備全てを失ってしまったのだ。

「なに、全滅もありえた。死人が出たら金がかかるし、失われるかもしれん。あれで良いさ」

そうした損害の責任を、さも何でも無いようにセズマールは笑い飛ばす。

生きているのだからそれで良し。

人生の明るい面を見る事にかけて、自分より上手い者はいないとこの自由騎士は確信している。

「そしてこうして、装備の回収を依頼できる友達もいるわけだからな」

「それは構わんがな」

イアルマスが頼られたのは、つまるところ、そういった理由だった。

シスター・アイニッキはこの事態を大層喜んだものだが、残念ながらまだ勤めの最中。ごねる彼女を捨て置いて、こうして酒場に河岸《かし》を変えたわけだが――……。

「グレーターデーモンだって？」

椅子に遠慮無く身を預けた黒杖《くろづえ》のイアルマスは、外套《がいとう》の下から視線をプロスペローに向ける。

「ええ」と麗しの魔術師は、深刻そうに頷いた。「間違いありません。あれは上位の魔神だ」

歴史書に名を残す、恐るべきアークデーモンに勝るとも劣らぬ手合い。

魔界――あるいはそう呼ばれる異界の住人であり、この世ならざる怪物。

神魔を切り伏せて伝説の領域に至った冒険者ですら、危うい存在。

「……タック和尚の判断は正解ですよ」

プロスペローのその呟きに、和尚は僅かに頬を緩めた。

気が休まったわけではないが、友の気遣いはありがたいものだからだ。

対して、イアルマス。彼は腕組みをして「ふぅむ」と息を漏らした。

「その大群か」

「ああ。随分と稼がせてもらったよ」

応じたのはホークウィンドだった。

仲間から僅かに離れ、壁際に腕を組んだその男は、精悍《せいかん》な顔つきに薄笑いさえ浮かべていた。

「なにしろ奴ら、呪文を使えなかったからな」

「……何？」

イアルマスが、目を見開いた。

「そうなんです」

それに気づかず、プロスペローが信じられないといった口ぶりで首肯する。

「グレーターデーモンは、呼吸するように魔道を扱う。だのに奴らは力押しで……」

「お陰で命拾いしたわけだがな」

「というか、プロスペローの覚え違いなんじゃあないの？」

「そんな事は……」

「それか、おいらはアレがグレーターデーモンもどきだったって説を推すね！」

「ううむ……」

喧々諤々《けんけんがくがく》、オールスターズの賑《にぎ》やかなやり取り。

どうやら一度の決定的な敗走は、しかし彼らの士気を挫《くじ》くことはなかったらしい。

いずれ装備が整いさえすれば、彼らはまたぞろ地下迷宮に繰り出すだろう。

だが——今のイアルマスには関係のない事だった。

「呪文の使えぬ、グレーターデーモンの大群か」

「ああ、そうとも」

その事実。それこそが、イアルマスにとっては重要だった。

呪文を使えぬグレーターデーモンの大群。その意味がわからないはずもない。

ぴりぴりと全身の神経が張り詰めるような感覚。

失われた記憶、あるいは彼の本能が、獲物が近いと訴えてくる。

そうとも。

イアルマスは《迷宮》の主を殺して護符を手に入れたいという、強い欲望を感じている。

間違いないというその直感は、彼の中に残っていた僅かな迷いをあっさりと消し去った。

その存在、全神経、全霊は、ただ一振りの刃のように研ぎ澄まされていく。

後は一つ。どのように、どこに向かって、その剣を振るうか、だが――……。

「おいイアルマス！　くそみてえに馬鹿でっかい怪物の群れが――！」

「あ、あれ、グレーターデーモン……上位の魔神……だよ……っ！」

どたどたと騒々しい――重々しい――足音と共に、二人の若者が酒場へと飛び込んできた。

迷宮から此処《ここ》まで息せき切って駆けてきたのだろう。

必死の形相のララジャとベルカナンは、まっすぐにイアルマスらの卓へ詰めかけて――……。

「もう知っている」

「なんだぁ……」

その一言によって、力尽きたかのように崩れ落ちた。

「おいおい」とモラディンが目をまん丸に見開いた。「お前らもアレに会ったのか⁉」

「よく無事だったのう」

「爺さんが……」とララジャが息も絶え絶えに言った。「蚤男《ディンク》の爺さんが逃してくれて……」

「そうか、そうか。まあ、お座りなさい」

タック和尚が労いながらも若者たちを引き起こし、椅子に座らせてやる。

彼の手にかかれば親子ほどに背丈の違うベルカナンも、娘のように扱われるものだ。

プロスペローが水差しを手繰り寄せてやり、サラがそこから水を注いで二人に与える。

ホークウィンドは我関せず——蚤男《ディンク》の一言に、さらに距離を取った風もある。

そうした仲間たちの行動を見守りながら、セズマールが友人に笑いかけた。

「こりゃあ、こないだの赤の竜みたいな事になるかもしれんぜ？」

「その前に殺すさ」

にべも無い一言。セズマールは肩を竦めて、それで済ませた。

この男がそう言ったのなら、きっとそうするだろう。ならそれは良い。

「こっちの装備を忘れなけりゃ、良いさ」

「ああ」

その足下に、とことことガーベイジが歩み寄ってくる。

どうやらサラが二人の面倒を見始めた隙を突き、脱出に成功したらしい。

そっちを構うなら自分はもう良いだろ、とでも言うのだろうか。

彼女は「ａｌｆ」と小さく吠えた。

そして子分の手柄を誇示するように、その手に握った襤褸《ぼろ》布を高々と突き上げた。

イアルマスが——めったに無いことだ——息を呑んだ。

「……それは」

「え、あ、それ？」

うん。とベルカナンが頷いた。いつの間にか、ガーベイジに奪われていたらしい。

迷宮からの脱出中、その膂力《りょりょく》でずっと握りしめていたのを抜きにしても、よれた布きれ。

元の色も判別できないほどに薄汚れてはいるけれど、どうやら飾り布、リボンの類《たぐい》のようだった。

「迷宮の中で僕、バンクのおじいさんに会って……その時に貰った？　かな、うん、貰ったの」

「あの爺さん、やばかったけどな」

水を貰ってやっと一息吐いたララジャが、思い返せば、といった風にぼやいた。

「王の許しが無いのにとか、任務がどうとか……ありゃ、そうとうキてるぜ……」

「無理も無いよ。グレーターデーモンだもん……」

それが理由じゃないと思うが、という言葉をララジャはどうにか飲み込んだ。

それにしてもと目を向けるのは、ベルカナンから布をぶんどり、イアルマスに突きつける残飯。

「こいつ……」

俺の時はあんなに暴れたくせに自分がやる分には良いのか、と。ララジャの胡乱《うろん》な視線。

ガーベイジは気にした風もなく布を見せびらかすと、とことことベルカナンに歩み寄る。

「yap！」

——よくやった、かなぁ？

「えと……僕……うん」ふにゃりと、ベルカナンの頬が緩んだ。「ありがとう……？」

「yelp！」

どうやら彼女はそれで満足したらしい。ぐいとベルカナンに布を押し付ける――返却。

そしてふんすと鼻を鳴らすと卓上に手を伸ばし、何か食いでのあるものは無いか探し出す。

モラディンが苦笑しながら彼女の方に大皿を押しやり――……その全てを無視して。

「喜べ。探し人の居場所がわかったぞ」

「ホントか!?」

「ああ」

奇妙に熱を帯びた口調でイアルマスはそう言って、ララジャはそれに身を乗り出した。

イアルマスは指先で布きれを弄《もてあそ》びながら、ギラついた様子で呟いた。

「敵はエレベーターだ」

「えれべーたー……」

「《モンスター配備センター》の奥だ」

ああ……。ララジャは若干の苦々しい思いと共に、かつて訪れたあの場所を思い出した。

無尽蔵に現れる怪物。あの怪しげな僧侶……牙の僧侶たちによる陰謀。必死の戦い。

今や冒険者たちに《モンスター配備センター》と呼ばれる、地下三階の深淵だ。

そこへ一人、二人で、また挑む。今度は魔神の大群のまっただ中だ。

だが、行かない理由はない。

「……あそこか」

「準備が整い次第、出発するぞ」

「は――……？」

それは、はたしてどういう意味の疑問だったのだろうか。

ついて来てくれるのかとか……そもそも、なんでそこにオルレアがいるんだとか。

そういったごたまぜになった問いかけの声に、イアルマスは薄笑いと共に応えた。

「グレーターデーモンの養殖なぞ、やる手合いは限られている」

§

はたして――そこにあったのは、肉の塊であった。

奈落に通ずる穴の手前。

そこを塞ぐかのように、ぶよぶよと浮腫《ふしゅ》めいた、肉塊――肉の柱が膨れ上がっている。

だが、断じて門番というわけではない。

その肉の柱に埋もれた娘は、深淵より来たりし者どもを歓待する――いわば、供物《くもつ》なのだから。

「う……ぁ……」

もはやろくに意味のある言葉など、その口からは漏れ出てこない。

四肢は愚か、肉に埋もれた下半身の感覚すら、ない。

肉に埋もれた――喰《く》われた――取り込まれた――先で、己がどう弄《もてあそ》ばれているのか。

それを考える気力など、もはや彼女には残されていなかった。

「GRooooWWWl……」

不意に、地下迷宮が鳴動した。

エレベーター。地獄に通じるその縦穴から、巨大な影が這《は》い出てくる。

その身に皮膚はなく、青白い筋肉が剝き出しになって脈打つ、大いなる異界の魔。

グレーターデーモン。

その爛々と燃える瞳が、生け贄《にえ》とされた哀れな小娘に目を留める。

いや、その表現は的確とは言えないだろう。

魔神は断じて、彼女の存在そのものを認識したわけではないのだから。

たまさか進もうとしたら、足下にある路傍《ろぼう》の石に気がついた。ただそれだけの事。

故にその獣じみた顎が開かれ、大気が渦を巻く。《凍結《マダルト》》の予兆。

呪術の響き、真に力ある言葉。上位の魔神がそれを操るのは、呼吸するが如しだ。

「《MA《ミームアリフ》》《DAL《ダールアリフラー》》――――」

「《ミームザンメ　ヌーン　ターイ　ヌーンザンメ》《音は黒鉄の如く絶え言の葉は気の内に留まらん》」

故に――その呼気を封じる。妨げる。

少女の口も、舌も、喉も、ただその言葉をさえずるためのみの器官に成り果てた。

「《ミームザンメ　ヌーン　ターイ　ヌーンザンメ》《音は黒鉄の如く絶え言の葉は気の内に留まらん》」

もう嫌だ。真言を歌う度に脳が焼け、神経が焦げる。魂がすり減っていく。

「《ミームザンメ　ヌーン　ターイ　ヌーンザンメ》《音は黒鉄の如く絶え言の葉は気の内に留まらん》」

だが、肉体はもはや彼女の意思の制御を離れている。

彼女はその身を埋める肉塊の「口」でしかない。意思を持つのは、彼女ではない。

故に泣きわめき、嘔吐《おうと》し、顔中をありとあらゆる体液で汚しながらも、拒否する事はできない。

「《ミームザンメ　ヌーン　ターイ　ヌーンザンメ》《音は黒鉄の如く絶え言の葉は気の内に留まらん》」

沈黙せよ。沈黙せよ。沈黙せよ。

繰り返し繰り返し、彼女の口から紡がれる真言が《静寂《モンティノ》》を齎す。

魔神の類に呪文は通じない。それは正しくは、通じづらいというだけだ。

通す方法は――いくらでもある。

「あ」

不意に喉が引きつる。嫌だ。やめて。そんな呪文は唱えたくない。助けて。

喚き散らそうにも、届かない。口、喉、舌にそんな権利は何処にもないのだから。

「《ヘーアー　ミームアリフヌーン》《世界よ我が命を開け》」

神への祈り。世界を変容せしめるその言葉は、彼女のあらゆる存在全てを削り取っていく。

魂魄《ことごとく》を鑢《やすり》で擦《こす》り取られていくような激痛に、少女は声なき悲鳴を上げ、身悶《みもだ》えた。

《変異《ハマン》》は文字通り、奇跡をもたらす呪文だ。

魔神から呪文の守りを奪い去る事も、魔神の言葉を奪う事も容易《たやす》い。

その引き換えに――少女の存在そのものが、音を立てて消耗されていくというだけで。

「――――」

言葉を失ったグレーターデーモンは、しばしその場に佇《たたず》んだ後、ゆっくりと移動を始めた。

何かに導かれるように、足音を響かせて、玄室を後にする。

向かう先は、きっと地上——地下一階だろう。

だが、それを見送るゆとりだとて、少女には与えられない。


「ぁ……か、ぁ……は……ッ⁉」


不意に、肉塊が脈動した。

感覚は全て失われているはずなのに、少女は自分の中に何かが注ぎ込まれるのがわかった。

もう嫌だ。もうやめて欲しい。やだ。やだ。いやだ……っ。

そんな願いは声に成らないし、たとえなったところで、聞くものはいまい。

注ぎ込まれる——物理的なものではない。もっと根源的な、何かだ。

呪文を唱える度に摩耗した己自身を、この肉を介して補われ、欠落を埋められていく。

それは、存在そのものを作り替えられるような、おぞましい感覚だ。

何よりも恐ろしいのは、それが決して不快ではないということ。

新たな階梯に至る、魂の覚醒。それは自分が新たな力を得た証拠に他ならない。

何度も魂を削られ、階段を蹴落とされ、それを補填され、また階段を上る。

その繰り返しが、彼女の尊厳を否定する。機械的な何かへと、貶《おとし》められていく。

大きく口を開け、喘《あえ》ぐように意味の無い音を漏らし、涎《よだれ》を滴らせ——……。

たった一つしかない瞳からも、光は失われつつある。

「魔神は異界の門を開き、次々と同胞をこの世に招き入れる……」

そんな傷ましい少女の有様を前にして、しかし牙の僧侶は、嬉々《きき》として笑みを浮かべていた。

男の手に握られているのは、何かの断片《シャード》を思わせる、護符《アミュレット》。

そこに燃える魔力の火を灯《とも》しながら、牙の僧侶は熱に浮かされたように言葉を続けた。

「されど呪文を封じられた魔神が呼び出すものは、全て一様に――」

「呪文を失っている。どういうからくりなんだ？」

「さて、我々には想像も及ばぬ異界の法則、というものなのでしょうねえ」

その陶酔を、無粋なゲルツの茶々入れに邪魔され、僧侶は不満を隠しもせず鼻を鳴らした。

ゲルツは無残な――あるいは無様な肉塊と成り果てたオルレアを、しげしげと見やる。

そこに同情や哀れみといった類の色は、一切無い。

あるのは、貧相な体をいっちょ前に上気させ身悶《みもだ》える小娘を見る、多少の好色さ。

それから、踏み潰した虫の死骸を見る子供の「あーあ」といった愉悦《ゆえつ》だ。

――ま、元は取れたか。

さて、出会いは何だったか。

右も左もわからぬ田舎上がりのガキをとっ捕まえるのは、日常茶飯事。

常と違ったのは、肉壁に使い潰したその亡骸《なきがら》をたまさか寺院で見かけたという事だ。

うっちゃっておいたのを、誰かが運んできたらしい。

普段なら捨て置いて良いのだが、何を勘違いしたか、寺院の坊主がこう言ったのだ。

『なにせこの歳で司教の才能がある希少な娘です。神もきっと蘇生をお認めになるでしょう』

ゲルツは決して学のある男ではなかったが、価値あるものを逃すほど愚かではない。

タダで奪うのが一番損をしないが、必要とあれば多少の小銭ぐらいは出したって構わない。

蘇生には相応の金もかかったが、灰になる事無くこの娘は帰還を果たした。

その時の顔ときたら！

呆然《ぼうぜん》、喜び、そして喜捨を支払った者の顔を見た時の絶望、恐怖。

あとはまあ、泣き叫ぶのを躾《しつけ》して、呪われようが鑑定として使い倒し――……。

最後はこれだ。拾いものにしては、結構な稼ぎになったといえる。

「おたくの役に立ってんなら良いやな」

「ええ、ええ。何せ魔術師と神官を二人そろえるのは手間でございましたからな」

牙の僧侶もまた、オルレアの来歴には一切興味が無いらしかった。

彼は反吐《へど》の出るほど人の良さそうな笑みを顔に浮かべたまま、しみじみと呟く。

「使い潰して構わぬ司教がいるというのは、実にありがたい事でしたよ」

「なら良かったぜ」

言葉ほどの気持ちを一切込めず、ゲルツは耳垢《みみあか》を吹き飛ばすようにその苦労を労った。

「で、集めたグレーターデーモンを地上にけしかけるわけか」

「お恥ずかしい話、一匹では足りませんでしたからね……」

「ははん」

ゲルツはせせら笑った。

さては先だってのドラゴン騒ぎの黒幕は、こいつらであったか。

ドラゴンでダメだからグレーターデーモンの群れ。発想が子供のそれだ。

追い詰められているのか、考えが足りぬのか、他に手が無いのか。

――まあ、どうでもいいこった。

そう、どうでも良い。

ララジャとイアルマスに対しての嫌がらせ。彼が乗った目的は、その程度のものだ。

あとはオルレアを売り払って、その見返りとして儲《もう》かれば良い。

「で、報酬は如何《いかが》いたしましょうか。立身出世、名誉栄達……」

「興味はねえな」

ゲルツは牙の僧侶が持ちかけた話を、一言で切って捨てた。

「この魔神どもが上で暴れてる間、その下は俺らが独占できる。外地で宮仕えよかよほど儲かるぜ」

それに結局、こいつらの口利きでの出世は、こいつらの下につく事と同義だ。

自分に一度でも頭を下げさせた者は皆死ねば良い。ゲルツにとってあり得ぬ選択だった。

だいたい、グレーターデーモンを呼び出すしか手の無い奴らに、先があると思うか？

「ま、安心しろよ」

だがゲルツはそうした内心を一切気取られぬよう、背負うた名剣を軽く叩いた。

「ご自慢のグレーターデーモンどもが突破されたら、俺が奴らをぶっ殺してやる」

「……ええ、ええ。よろしくお頼み申し上げますよ」

だから、商談はこれで終わりだ。

ゲルツはオルレアを差し出し、牙の僧侶は魔神を呼び出し、ゲルツは宝を得る。

誰も損をしていない。ゲルツはその事に満足を覚えながら、牙を剝くように笑った。

「しかし、すごいもんだな。その護符ってやつは」

「ええ。これこそは魔道の秘奥。失われた大魔術師の振るった、全権の象徴――……」

「ふぅん……」

牙の僧侶は、まるで我が威を自慢するが如く、その護符の力強さについて熱弁する。

ゲルツの目が護符に突き刺さっている事に、気づいてもいないようであった――……。

第五章
アロケーションセンター

「さあ、参りましょうか！」

にこにこと微笑《ほほえ》むシスター・アイニッキを迷宮前で見ても、ララジャはもう驚かなくなっていた。

「雇ったのか？」

「サラが飛び込んできた時、寺院にいた」

「グレーターデーモンと聞いては、いてもたってもいられませんもの！」

ララジャとイアルマスのやり取りもその長耳なら聞こえているだろうに、彼女は嬉々《きき》としている。

――……まあ、こういう人だもんな。

喜び勇んでファイヤードラゴンと戦いたがる人だ。さもありなん。

頼もしく、強い人だし、今のパーティに聖職者はいない。

いてくれるに越したことはないのだからと、ララジャは半ば諦める形で受け入れた。

「よろしくお願い致しますね、ガーベイジ様、ベルカナン様」

「う、うん、よろしく……お願い、します」

「ａｌｆ」

おどおど、きょどきょどとしたベルカナン。一声吠《ほ》えるガーベイジ。

装備の確認をしているイアルマスをよそに、女性陣の顔合わせは滞りなく進む。

ベルカナンだとて前に世話になっているし、ガーベイジは言わずもがな。

問題は無いだろうと、ララジャも自分の装備の点検に取りかかったが――……。

「ｙａｐ！　ｙｅｌｐ！」

不意に普段と違うガーベイジの声が上がったので、ララジャは思わずそちらを見た。

赤毛の娘、残飯が吠え立てていたのは、アイニッキの背に負うた古い剣だった。

手を伸ばして軽く飛んでいるのは、触らせてくれとでも言っているのだろうか。

ガーベイジは結局、真っ二つの剣もお気に召さなかったらしい。

今も彼女が担いでいるのはカシナートの剣で、それにも不満たらたら。

お前も剣を持っているな。少し貸せ。そんなところだろうが——……。

「ふふ、ダメですよ、ガーベイジ様。これは私の剣ですからね」

シスター・アイニッキはそう嫋《たお》やかに微笑んで、柔らかく少女の要求を拒絶した。

彼女が背負う剣は、錆《さ》びついた刃の古剣であるようにララジャには思える。

あれが彼女が竜退治の際に言っていた、持ってくれれば良かった剣、なのだろうか。

だとしても、今の彼女は相変わらず、棘付《とげつき》の鉄球を手に携えているのだけれど。

「だからあなたには馴染《なじ》まないでしょうし……あなたにはあなたの剣がありますよ」

「ｗｏｏｆ……」

意味を理解したわけではないが、ガーベイジは不平たらたらという唸《うな》りと共に引き下がる。

聞き分けが良いのか、子分のものをぶんどる気はないのか、アイニッキに逆らいたくないのか。

ララジャにはいまいち判別がつかなかったが——……。

「抜くのか？」

自身の装備、持ち込む所持品の確認を終えたイアルマスが、淡々と問うた。

イアルマスはそれが何かを知っているのだろうか。

シスター・アイネは躊躇《ためら》うような、迷うような仕草で頬に手を当てた。

「状況次第……でしょうか？」

「なら、良い」イアルマスは頷《うなず》いた。「前衛に入ってもらうぞ」

はい。返事は淑《しと》やかで、粛々としたものだった。

よろしくお願いしますね、なんて頭を下げられたガーベイジが「ａｌｆ！」と一吠。

「ベルカナンは下がれ。俺とガーベイジ、アイニッキが前衛だ」

「え」

ベルカナンは、思わず見開いた目をぱちくりと瞬かせた。

右、左。本人はそっと、傍目《はため》には大きく首を振って髪を弾ませ、左右を確認。

彼女は信じられない、半信半疑といった様子で自分を指差した。

「僕……下がって、良いの？」

「ああ」

ララジャには、ベルカナンの顔がぱっと一瞬、安堵《あんど》の色に輝いたように見えた。

「前衛だと死にかねんからな」

ララジャには、ベルカナンの顔に咲いた花が、一瞬にして萎《しお》れたのがわかった。

「さて」とイアルマスは一切それを考慮せず言った。「状況を確認しておく」

一同は、迷宮入り口の片隅に、肩を寄せるようにして座り込んだ。

ガーベイジは今すぐにでも中に飛び込んで行こうとしていたが、ララジャが首根っこを摑《つか》む。

とにかくイアルマスがわざわざ話す事があるというのだ。聞かねば死の可能性が高まる。

聞くだけで生き延びる可能性、成功する可能性があるなら、絶対に聞く。

今回は——失敗するわけにはいかないのだ。

「相手はグレーターデーモンだ」

イアルマスの言葉に、ララジャはぐっと拳を握りしめた。

「が、現状ではグレーターデーモンほどの恐ろしさは無い」

「あれで……？」

泣き出しそうな声で呟《つぶや》いたのはベルカナンだ。

無理も無い。ララジャだとてわかる。あの恐るべき魔神……。

——ドラゴンよか、マシかもしれねえけど……。

比較対象になる時点で、似たり寄ったりも良いところだ。

「奴らは呪文が使えん。《変異《ハマン》》か《静寂《モンティノ》》か知らんが、封じられている」

「《転化《マハマン》》やもしれませんよ」

「まあ、何でも良い」

アイニッキの補足を、イアルマスは言葉通りのどうでも良さで受け流す。

知らぬ呪文がぽんぽんと飛び交うので、ララジャはそっとベルカナンに耳打ちをした。

もちろん耳打ちとはしゃがみ込んだ彼女に、精一杯に背伸びをして、という意味だが。

「なんだよハマ……だか何とかって」

「えと、奇跡を起こす呪文……魔術師のだけど……ほとんど、伝説みたいな……」

こしょこしょと、可能な限りに声を落とした囁《ささや》き声。

この街で伝説といえば、迷宮の中で生き延び続ければ手が届くという意味でもある。

奇跡のような大魔術師がいても不思議ではない――のだろうか。

そんな手合いが何人もいればウワサになるだろうに。ララジャは訝《いぶか》しんだ。

「ま、だから連中が関わってるのは間違いないわけだ」

それは獲物を見つけた猟犬の笑みで、かつてもイアルマスが浮かべた表情だった。

《護符《アミュレット》》――あの怪しげな刺客、僧侶どもが携えていた、何かの破片。

ララジャは思わずガーベイジを見た。さっさと離せと、此方《こちら》の気も知らず睨《にら》んでくる。

「ともかくだ」とイアルマスは話を戻した。

「奴らは仲間を呼ぶ習性があるが、呪文を封じられた魔神が呼ぶ魔神は、やはり呪文が使えん」

そしてつまり、呪文を使えない魔神の群れがいる、という事は――……。

「……誰かが、増やしている？」

ララジャか、ベルカナン。その呟きに、イアルマスは「そうだ」と短く頷いた。

ぞっとしない話だった。

上位魔神なんてのはそれこそおとぎ話に出てくるような、恐ろしい化け物だ。

それを増やす。あり得ない話のように思えた。何のために？

疑問が、表情に表れていたのだろう。

「狩るためさ」

イアルマスが、こともなげに言った。

「良く稼げる。……が、今回は避ける。目的が違うのでな」

「残念な事です……」

まったく言葉通り、残念で仕方ないというシスター・アイニッキ。

ララジャはいろいろと考えた上、疑問を全部放り投げた。

隣でベルカナンは呆然《ぼうぜん》としているが、ガーベイジは興味もなさげに欠伸《あくび》を一つ。

こういう時、見習うべきはガーベイジの方だと、ララジャは学んできた。

やるべき事を考える。それを実行する。そのために必要な事だけ、あれば良い。

「で、どうすりゃ良いんだ……」

「デーモンの群れを突っ切って、モンスター配備センター《アロケーションセンター》に突っ込む。首狩りだな」

イアルマスはその言葉の何が面白いのか、唇の端を吊《つ》り上げた。

「ドラゴンスレイヤーを、探した時と同じ……」

ベルカナンが、腰に帯びた竜殺しの剣をそっと撫《な》でた。

魔神相手だからか、今となってはこの剣から然程《さほど》の魔力は感じない。やる気が無い。

だが赤の竜の脇をすり抜けて、この魔剣を探索した時の事は記憶に新しい。

秘訣《ひけつ》はただ一言の『祈れ』だったか。

「グレーターデーモンは呪文が封じられれば、ただの馬鹿でかくて力の強い怪物に過ぎん」

「それだって十分におっかねえけどな……」

「注意すべきは、連中には呪文がほぼ通じん事と、その手に宿る麻痺《まひ》と毒だ」

「死を遠ざけているのも忘れてはなりませんよ」

ぷりぷりと、シスター・アイニッキが苛立《いらだ》たしげな様子で口を挟んだ。

「あれらは異界のものだからといって、神の下に魂が赴く事を拒むのです！」

「……だ、そうだ」

最後にそう投げやりに言って、イアルマスは締めくくった。

「水薬を用意してある。アイネの手が空かん時か、やられた時はお前らが治療役だ」

「おう」

「……わ、わかった」

差し出された雑嚢鞄《ざつのうかばん》は、ただそれだけでずしりと重く、中でガチャガチャと瓶の鳴る音がした。

ララジャが後列なのはいつもの事だが、ベルカナンは久々だ。

緊張の面持ちで鞄を受け取るが——やはりそこには、安堵《あんど》の色が見えるような気がする。

——……まあ、それもそっか。

ただ後ろに下がってろというのと、いざという時の薬担当では、その意味が違う。

役目があるという事は、嬉《うれ》しいものだ。

——特に今回は、宝箱も開けたりしねえしな。

そういう意味で、自分だってベルカナンと似たような立場だ。

しっかりとこの役目は全うしなければなるまい。

「アロケーションセンターに何がいるかはわからん。ま、いつも通り玄室に飛び込むようなもんだ」

つまりは――いつも通り。

隊伍《たいご》を組んで迷宮を進み、怪物を切り抜け、玄室に飛び込む。

そう考えれば気楽なものだ……そう思い込まねば、やってられないというのもある。

そしてそう思い込んだって、警戒するに越したことは無い。

ララジャは隣のベルカナンの背を軽く叩《たた》き（「ひゃっ⁉」）立ち上がった。

イアルマスやアイニッキも、がちゃがちゃと武具を鳴らして身を起こす。

後はやるだけ。ララジャは迷宮の深淵《しんえん》を睨みながら、ガーベイジから手を離す。

「それにしても」

一声吠えて元気よく迷宮の中に飛び込む小さな背中を追って脚を進めながら、彼は呟いた。

「見てきたように話すんだな」

「見てきたのさ」

イアルマスはそう言って、小さく肩を竦《すく》めた。

「たぶんな」

§

徘徊する怪物《ワンダリングモンスター》を避ける秘訣《ひけつ》は、祈る事だとイアルマスは言う。

だが祈りが天に届いたかどうかは、人の身では知る由もない。

確かめる方法は一つ。死体が灰になるか、消失するか、蘇《よみがえ》るかだけだ。

「わ、わあ……⁉　い、いっぱい……いっぱい出た……⁉」

つまり迷宮地下三階を目指す一行は、幸いにして早々に上位魔神の群れに出くわしていた。

「何体いますか⁉」

「まずは六体がとこだな」

「素晴らしい‼」

「ｙａｐ！　ａｌｆ‼」

嬉々として盾を構えて前に出るシスター・アイニッキと、一声吠えて飛びかかるガーベイジ。

イアルマスは深く腰を落として状況を睥睨《へいげい》すると、素早く指示を飛ばした。

「セズマールにならって律儀に相手をしてやる必要は無い。突破して、振り切る」

「後ろにいても安全じゃなかった……！」

「ほら、行くぞ……！」

ララジャはぴぃぴぃとわめくベルカナンを急《せ》かし、その背を庇《かば》うように最後尾につく。

手には短剣。どれだけ役に立つかは知らないが、愛用の武器があるだけで安心感が違う。

――そういう意味じゃ。

「woof……!!」

相も変わらず言うことを聞かないカシナートを苦心して振り回すガーベイジ。

あいつがとにかく手に馴染《なじ》む剣を探そうとするのも、わかろうものだった。

「howwl!!」

グレーターデーモンの巨腕と、名剣カシナートの刃が拮抗《きっこう》する。

外皮無き筋肉繊維の塊は、その太さ故に生中《なまなか》な怪物の鱗《うろこ》などよりも強靭《きょうじん》だ。

一刀のもとに両断することなどできようはずもない。

「snarrrl……!」

ガーベイジは忌々《いまいま》しげに唸り、突き立てた刃を支点に空中で身を捻り、腕を飛び越えて剣を抜く。

「そぉ――……れッ!!」

そこで慈悲深いまでの容赦無さで、一挙に踏み込んだアイニッキの棘球が唸った。

およそ肉を叩き潰《つぶ》すとは思えぬ打撃音が轟《とどろ》き、衝撃に大きく巨体が傾《かし》ぐ。

いくら痛痒《ダメージ》にならずとも、強烈な物理的威力は、その姿勢を崩すには十分なものだ。

そこにすかさず、イアルマスが走った。

彼はグレーターデーモンの足下へ一気に間合いを詰め、手にした黒杖《くろづえ》でその脚を強《した》かに打った。

息も吐《つ》かせぬ三連撃。

それがこの巨大な悪魔にどれほどの打撃となったかといえば、さしたるものではない。

現状のこの五人では、オールスターズのように魔神と互角に切り結ぶ事など不可能だ。

だが巨体を打ちのめし、姿勢を崩させ、突破の機会を作るには十分なものであった。

「――――――⁉」

声なき声と共にグレーターデーモンが倒れ込み、巻き添えをくった魔神がよろめく。

その隙間を縫うようにガーベイジが前へ飛び出し、イアルマスとアイニッキが続く。

「Ｇｒｏｏｗｌ‼」

「後だ」

「ｙａｐ⁉」

意気揚々とグレーターデーモンの喉笛に剣を突きつけたガーベイジを、イアルマスがかっさらう。

きゃんきゃんという抗議の声をまったく無視して駆ける背に、「もう」というアイネの呆《あき》れ声。

ただ彼女がイアルマスと違うのは、ちらと背後を振り返る気遣いがあるところだ。

「さ、お二方もお急ぎくださいまし！」

もっとも、一瞥《いちべつ》をくれる以上の猶予はない。尼僧服と銀髪を翻し、さっと彼女は走り出す。

「わあ、わ、わああ……ッ⁉」

遅れるまいと、滑稽なほど悲壮な声を上げ、ベルカナンもまたその後を追った。

ぶんぶんと竜殺しの剣を振り回しているのは、せめてもの威嚇のつもりだろうか。

ララジャは彼女の背中にぴったり張り付くように足を進め、周囲に気を配る。

「――――――‼」

――ああ、くそ。

嫌なものを見た。見てしまった。

虚空《こくう》に両腕を上げたグレーターデーモンが声なき声を上げ、門を開いていたのだ。

そしてそこから現れる――青黒い、巨体。

あれが延々と続く。延々と出てくるって？

「――……付き合ってられっか!!」

「え、あ、え……え!?」

「後ろ向くな、走れ、走れ……！」

わたわたと此方を気にするベルカナンを叱咤《しった》し、前を向かせて走らせる。

ぽんぽんと尻の上で弾む黒髪を追って、ララジャも必死に足を動かした。

そうとも、こんな奴らに付き合ってる暇は無い。

目的は、一つ――………。

§

「お」

「どうなされましたかな？」

ゲルツはにわかに騒がしくなった階上へ目をやり、僧侶の問いに何でもねえと首を横に振った。

この程度の些細《ささい》な違和感にも気づけぬ奴に、わざわざ教える手間を割く気も無い。

そもそもゲルツには、他人のために行動するなどという概念がない。

彼にあるのはいつだって今と、己だけなのだ。

――イアルマスどもかね。

セズマールの間抜けどもがしくじったらしい事は、既にこの僧侶から聞いて知っていた。

ララジャと……ベルカナンとかいうでかい女が騒いでいた事もだ。

たまにはああいう女も悪くない。何せここの所、小さいやつの相手が多かったものだから。

ともあれセズマールどもが立て直しに時間がかかる以上、次に来るのはイアルマスだ。

そこにあいつらとよろしくやっている銀髪のエルフがいれば、尚悪くは無い。無いが――……。

――面倒臭《くせ》ェんだよな。

ゲルツは野獣のような男であり、だからこそ彼我《ひが》の技量を当然の如《ごと》く秤《はかり》にかける。

けだものは考え無しに行動するものではなく、本能に忠実な思考を保てるからこそ恐ろしい。

彼は自分の群れである、同類ないし使い勝手の良い冒険者どもを睥睨《へいげい》した。

合わせて八人。戦士と盗賊に加えて、破戒僧だの呪術師崩れだのもいないではない。

グレーターデーモンを切り抜ける間に、イアルマスはどれだけ消耗するだろう。

その後にこいつらをぶつける。それで足りるか。どうだろうな。

奴らがどれだけ減ったってかまやしないが――……。

「どうやら、あの忌々しい野良犬どもが入ってきたようですよ、ゲルツ様」

牙の僧侶が、己こそが先に気づいたのだという優越感の混じった柔らかな声を漏らした。

ゲルツは片眉を上げた。

「ああん？」

「迎撃に向かわれた方がよろしいのではないかと思いまして……」

「グレーターデーモンどもで削んのが先だろが、どあほ」

戦力の逐次投入という概念をゲルツは知らないが、小出しにする愚は知っている。

そして同時に、ただ全軍を一挙に送り込めば良いわけでもない事は理解していた。

前衛と後衛。一軍と二軍。冒険者の頭をやっていれば、自然と学ぶ事だ。

――このド素人が。

罵《ののし》られた、あるいは侮られた事への不快感を隠そうともしない牙の僧侶。

それに一瞥《いちべつ》をくれたゲルツは、ふと脳裏に閃《ひらめ》くものを覚えた。

「ま、ようはあのガーベイジを始末すりゃあ不満はねえんだろ？」

「……ええ」渋々といった様子で、僧侶が頷いた。「まあ……」

「なら構わねえな」

次の瞬間であった。

ゲルツの背より解き放たれた名匠カシナートの手による剣が、牙の僧侶の胴を薙《な》いだ。

甲高い唸り声を上げて肉を引き裂くその刃は、軽々と僧服ごと男の体を両断する。

血が、迸《ほとばし》った。

「な、……あ、あ……ッ!?」

それは何故とか、馬鹿なとか、そんな感情のない交ぜになった断末魔の声だった。

崩れ落ち血の海に沈む牙の僧侶を足蹴に、玄室の片隅まで転がしながらゲルツは肩を竦めた。

「あァん、知れたこったろうよ」

血に濡《ぬ》れたカシナートの切っ先で、護符を引っかけるようにして吊り上げる。

ただそれだけでも感じ取れるのは、この破片が放つ圧倒的な呪力の輝き。魔の力。

――こいつァすげえな。

全身にみなぎる活力を思えば、牙の僧侶どもが偉ぶるのもわかろうものだ。

《護符《アミュレット》》を手にしたその顔に浮かぶのは、鮫《さめ》のような笑み。

牙の僧侶に誤算があったとすれば、ただ一つ。

彼はゲルツの事を見誤っていた。ゲルツは――……。

「宝を持ってりゃ友好的な怪物だってぶっ殺すだろ」

ゲルツは、悪の冒険者なのだ。

§

「ｗｏｏｆ……!!」

「構っている暇はない」

それは抗議の唸りを上げるガーベイジか、それともグレーターデーモンに対してか。

どちらともつかぬ言葉を漏らし迷宮をひた走るイアルマスの口元には、薄笑い。

目指す獲物が間近に迫った事を、直感めいて感じ取った、獣の笑みだ。

上位魔神どもは、進むにつれその数と圧を増しているようにさえ感じる。

六体からの群れが次から次へと現れ、戦闘は終わらず間断なく続く。

それは集中力《ヒットポイント》を大きく削《そ》ぐものだ。

「ひぃ……ひぃっ……ひぃぃ……っ」

「ちっくしょ……まだかよ……！」

ベルカナンがバテバテになりながら剣を振り回し、ララジャが悪態を吐く。

二人とも手傷こそ負ってはいないものの、これほどの長期戦は未体験の領域だ。

汗みどろになって疲弊している事は、手に取るように明らか。

そうした周囲の全てを知覚して——シスター・アイニッキは息を吐いた。

「いささか厳しいかもしれませんね」

そう零《こぼ》すアイニッキの言葉は、辿り着く事が、という意味ではない。

辿り着いた後、万全の状態で首魁《しゅかい》と戦う事が、という意味だ。

ちらりと後列二人を見やるその美貌には、汗一つ疲労の色一つ浮かんでいない。

鉄球で容赦なくグレーターデーモンを殴り倒す彼女もまた、尋常の僧侶ではないのだろう。

しかしながら、それはあくまでも魔神の群れを突破する事に専念しているがためだ。

——《祈願《バマツ》》が使えれば……。

神の力によって仲間全てを守る呪文。麻痺や喪心を癒やす奇跡《ディアルコ》と、同じ階梯《かいてい》である。

そして人が一時に唱えられる同階梯の呪文は限られている。

《祈願《バマツ》》の守りといえど完璧ではない。麻痺と毒を受ける可能性を思えば……温存しかない。

そして神の守りなく魔神の大群をたった五人で相手取るなら、その先にあるのは誉れある死のみ。

死を忌避するつもりはないが、生の価値を高める機会を捨てるつもりもない。

だが――若人からその機会を捨てさせて己を守るなど、ありえぬ事だ。

知らず、銀髪の尼僧の手が背に負うた剣の柄《つか》へと伸びていく。

シスター・アイニッキの凛《りん》とした声は、死を前にしてどこまでも誇り高かった。

「私がしんがりをつとめます。その間に、イアルマス様がたは先へ――……」

「それは困る」アイニッキの長耳がピクリと跳ねた。「あんたに死なれると面倒なんだ」

「yap⁉」

イアルマスはシスター・アイニッキにガーベイジを放り、とんと跳ぶように最後尾へ回る。

「イアルマス様……⁉」

「時を稼いでから追う。引率を頼む」

一瞬の困惑。彼らしくない行動――同時に、何を考えているかわからないのは、彼らしい。

頭巾《ずきん》の下の碧眼《へきがん》と、外套《がいとう》の下の黒眼が、僅《わず》かに交わった。

「しくじったら、帰りにでも拾ってくれ」

「……もうっ」

僅かに頬を膨らませて困惑と迷いを振り切ると、アイネはきびきびと声を張り上げた。

「皆様、参りましょう！」

「ａｌｆ！　ｙｅｌｐ！」

「え、あ、う、うん……っ」

ガーベイジはイアルマスの手を離れた途端意気揚々と突っ込み、次なる魔神に刃を叩き付ける。

アイネがすかさずその後を追って、隙を補うように鉄球を打ち込んで道を切り開く。

どたどた足音を立てて駆けるベルカが、戸惑いの目をイアルマスに向け、けれど前を向いて急ぐ。

自分が何をする、やるより、今はただ走ることこそが彼の助けになると理解しているからだ。

黒衣の男は僅かに頭を頷かせ、肯定する。それで良い。

そして最後に――……。

「イアルマス！」

脇をすり抜けながら、ララジャが大声と共に薬瓶を何本か投げつけてきた。

それをイアルマスは片手で受け止める。外套の下、僅かに目を見開いて。

「麻痺してたって薬くらいは飲めるだろ！　持っとけよ！」

そうわめくララジャの声が聞こえた時には、既に少年の背は遙《はる》か先、迷宮の闇の中だ。

イアルマスは、笑った。

まったく――いつまで新人扱いできるものやら。

喜ばしい事だった。本当に。

「―――――……！」

「そう、焦るな。俺だとて時間をかけたくはない」

迫り来る魔神ども。声なき唸り声。かつて幾度も感じた、慣れ親しんだ死の圧力。

イアルマスは黒杖の――愛刀の鞘《さや》を払った。抜き放たれた白刃を、肩に担ぐ。

そして左の空手に、呪印を結んで呟いた。

「《シーンザンメ　ペーイチエー《触れ得ざる鎧よ我を立たせたまえ》》」

不意に、イアルマスの体が朧《おぼろ》にぼやけ、滲《にじ》んだ。

《透過《ソピック》》の術――ただ身を守るという意味では、《祈願《バマツ》》に匹敵する呪文。

加えてその位階は第二階梯。問題があるとすれば、ただ一つ。

「こいつは術者本人にしか効き目が無くてな……」

イアルマスの薄笑いだけが、迷宮の闇の中、曖昧模糊《あいまいもこ》とした輪郭の中に浮かびあがる。

幸いにして、魔術師の第二階梯には《恐怖《モーリス》》くらいしか有効な術も無い事だし……。

「少しばかり、付き合ってもらうぞ」

§

「ａｌｆ!!」

「ゲルツ！」

玄室の扉をガーベイジが蹴破ったのに続き、躍り込んだララジャが声を上げる。

相も変わらぬ迷宮の薄闇の中、浮かび上がる輪郭は八——九——十？

ララジャは曖昧模糊とした輪郭を数えながら、深く腰を落として身構えた。

彼の記憶が確かならば、奴のクランには魔術師崩れだとていたはずだ——……。

「なんでえ、イアルマスはいねえのか」

ゆらり、と。応じたゲルツは、戦陣の一番奥に悠然と佇《たたず》んでいた。

微《かす》かな血の臭い。

奴にはとっくの昔に染みついているが、玄室に漂うそれは真新しい。

既に誰か一人、二人、斬り殺した後なのだろうか。

だがそれよりもララジャには、気にすべき事があった。

「オルレアはどこだ……！」

「あん」とゲルツは片眉を上げた。意味がわからないという顔だった。

誰のことか——と思案するような仕草。煽《あお》っているのではなく、恐らくは素だ。

そしてようよう、ララジャがしびれを切らすよりも前に、ゲルツは言った。

「いるじゃねえか、そこに」

顎をしゃくって示された先は、十番目の影。

そう、それはとても、人影と表現できるような形状をしてはいなかった。

不確定な黒塗りにしか見えなかったそれが、薄闇に慣れた目に、その正体を現していく。

それは肉の塊、肉の柱だった。

虚空より生えたとしか思えぬ、末端の奇妙にぼやけた肉の柱。

臓物とも筋肉繊維ともつかない肉が絡み合ったその中央、中枢に、酷《ひど》く鮮やかな白が滲む。

その白は、肉に咀嚼《そしゃく》されているような有様の、一人の少女だった。

全身を呪いに蝕《むしば》まれ、片方だけの瞳がどんよりと濁った、レーアの少女。

「……なんと、惨《むご》い……」

生きているとも、死んでいるとも思えぬ有様に、アイニッキは眉をひそめた。

これは冒瀆《ぼうとく》だ。生を奪うばかりか、死すらこの娘から取り上げるなど。

だがその憂いに満ちた銀髪のエルフを見やるゲルツの視線は、好色さを隠そうともしない。

けだものじみた目は、己の獲物を見定めるようにアイニッキ、ベルカナンと移る。

びくりとその巨体を震わせて、縮こまるようにベルカナンが身を固くした。

もっともそれさえも、ゲルツの欲望をさらにそそる仕草でしかなかったけれど。

「ま、イアルマスはいねえが、上出来だ。ぶっ倒した奴に二番目は譲ってやるよ」

一番手は言うまでもない。だがその采配に、手勢の冒険者どもも下卑た笑みを浮かべた。

この頭目に従ってさえいれば良い目を見れるのだ。これまでも。これからも。

——糞食《くそく》らえだ。

そうでなかった男。盗賊のララジャは短剣を片手に腰を深く落とした。

言いたいこと、言うべきこと、いろいろと考えていたはずなのに、言葉にならない。

こんな奴に手間暇をかける事そのものが苛立たしく、腹が立つ。

邪魔をするな。

「ぶっ殺してやる……！」

「おう、良いぜ」ゲルツは笑った。「ぶっ殺してやるよ」

§

「Wou！ Ouuuuh!!」

先陣切って、真っ先に飛びかかったのはガーベイジであった。

奴の臭いは覚えている。ずっと前も。この間も。その目も。視線も。

別にガーベイジに恨み辛《つら》みといったものはない。ただ、そう――……。

こいつは自分を下に見ている。

ただそれだけが、この赤毛の娘には許せぬものであった。

八人からの敵戦列を獰猛《どうもう》な狼《おおかみ》めいて飛び越えながら、背の剣に手をかける。

すらりと抜き放たれるのはカシナート。それを見て、ゲルツが笑った。

「俺も持ってるぜえ……!!」

ゲルツが下からかち上げるように、その異形の大剣に物を言わせた。

ガーベイジの叩き付けた一撃に、甲高く唸りながら刃が嚙《か》みつく。火花が、散る。

「ｙｅｌｐ!?」

「ハッハァッ!!」

少女が嫌悪感からその顔をしかめた瞬間、ゲルツは膂力《りょりょく》に任せてその痩身《そうしん》を打ち上げた。

小柄で華奢《きゃしゃ》な赤毛の娘はくるくると宙を舞い、体を捻り、四肢を駆使して着地する。

「ご挨拶だなァ。飼い主に対してよ」

「ｗｏｏｆ……!!」

気に入らない。唸るガーベイジ。何が気に入らないって、この剣だ。

戦士としての技量《レベル》という意味では、互角。

天稟《ボーナスポイント》の有無では、ガーベイジが勝ろう。

怪物相手でなく人を相手取る経験では、ゲルツの悪辣《あくらつ》さが勝る。

だがしかし、ゲルツはその手に握ったカシナートの剣を完全に己がものとしていた。

その一点が明確に、ガーベイジのそれを上回っていた。

一対一ならば――……だがしかし、彼女も彼も、この場にいるのは一人ではない。

「ベルカナン様、呪文を！」

「う、うん……っ！」

九対四。数の差でいえば、圧倒的に不利。これを覆すには呪文しかない。

しかし呪文使いの数の差だとて明白な事を――ゲルツらのクランは、理解していた。

メイジが二人。プリーストが二人。合わせて四人。

どうとでもなる——なに、殺したってかまやしない。寺院に放り込んで蘇生《そせい》させれば良い。

だいたいあのアイニッキとかいう尼僧には、今まで散々搾り取られてきたのだ。

今度はこっちがこき使って、あの美体を好きに使い倒してやったって良いだろう——……。

「え、っと……カフアレフ——……」

ベルカナンが辿々《たどたど》しく杖代わりの剣を掲げ、呪文を唱え出す。

無論、悠長にそんな事をする暇を、敵が許すはずもない。

「やっちまえ！」

「焼くんならしっかり焼けよ、生焼けで生きてちゃ抱く気もしねえや！」

「あのデカブツだ、どうやったって生焼《レア》けだろ」

「うるせえ、まずは《静寂《モンティノ》》だっってんだろ、いつも」

「俺ァあの強欲シスターを啼《な》かせてェんだよ」

「残飯以外なら何でもいーや」

口々に好き勝手な事を言いながら、武器を携え、呪文を唱え、狙い定めるはベルカナン。

「や……ッ！」

それを守るべくシスター・アイネがずいと前に出て鉄槌《てっつい》を振り下ろすのを、戦士が食い止めた。

みしみしと剣が軋《きし》むが、折れるほどではない。銀髪のエルフと、武器を交えて目が合う。

「シヤッ!!」

「……くぅッ!?」

すかさず横合いから繰り出される短剣。忍び寄った盗賊の刃だ。アイネは飛び退《の》いて避ける。

はらりと、切り飛ばされた銀髪が幾本か、迷宮を舞った。

戦士二人に盗賊二人。一人の尼僧を囲んで嬲《なぶ》り者にするのは、何とも心躍るものだ。

如何《いか》に戦闘慣れした冒険者といえど、その集中力が無限にあるわけではない。

むしろエルフは華奢《きゃしゃ》だ。瞬間的にはともかく、体力に乏しい以上は限界はむしろ人より早い。

そしてそれは魔術師であるベルカナンも同じだと、手練《てだ》れ八人は見て取っていた。

故にまずは女二人。これを叩いて嬲って落としてしまうのが、戦略というものだ。

ゲルツほどではないにせよ、けだものの群れである以上、相応に手慣れている。

故に――彼らの視界に、当然ながらララジャの事は映っていない。

対処すべきはアイニッキとベルカナン。二人の呪文使いであって、盗賊ではない。

イアルマスの腰巾着。残飯のお零れに与《あずか》る、見るべき所の無い小僧。

むしろララジャという名前すら認識しているかどうか、怪しい。

宝箱の開封をやる使い捨ての肉壁だ。それ以上でも以下でもない――……。

――って思ってッから、こうなんだよ……！

互いの陣営が呪文を唱え、妨害せんとし、術者を守ろうとする、その一合《ターン》。

その中で、誰よりも早く、真っ先に動いていたのがララジャであった。

片手に短剣を握り、深く腰を落とした彼が、残る空手で荷物を漁っていた事を誰が知ろう。

ベルカナンは知っていた。いつだって彼女は、その少年の背中を見ていたから。

アイニッキは知らなかった。だが、あの黒衣の男のパーティだ。何もしないはずがない。

ガーベイジは知ったこっちゃなかった。何をやろうが、失敗したら蹴っ飛ばしてやるだけ。

その動きに敵のメイジ一人が気づいた。だが警告は発せない。詠唱が途絶えてしまうが故に。

だから、ララジャを妨げるものはいなかった。

「お、っらあ……‼」

雑嚢から引き抜かれ、広げられるは一巻の羊皮紙。巻物《スクロール》。

解き放たれるのは丁寧に丁寧に、細々と書き記された真に力ある言葉《トゥルーワード》。

「《ヘーアー《炎よ》　ラーイ《来》　ターザンメ《たれ》》」

途端、迷宮の闇を炎が焦がした。

巻物に封じられていたのは第一階梯、この地において初歩の初歩とされる《小炎《ハリト》》。

だがしかし、それとて魔術。この世の理《ことわり》を塗り替える、恐るべき御業に他ならない。

少女が祖母から授かり、少年に託したその秘奥は、間違いなくその威力を発揮した。

「ぎゃあああっ⁉」

不意を討たれた魔術師が、瞬く間に炎に包まれ焼け焦げる。

戦士の集中力ならしのげても、魔術師ならばそうはいかない。

竜の炎にさえ耐えてのけたベルカナンこそが――――例外なのだ。

突然味方の一人が火柱に成り果てて、動揺の走らぬはずもなく――――……。

「《カファレフ《魂よ止まれ》　ターイ《汝の名は》　ヌーンザンメ《眠りなり》》‼」

そこにベルカナンが必死に声を張り上げ唱え上げた、《睡眠《カティノ》》が叩き付けられた。

「ぬッ」

「おお……ッ⁉」

たちまち白い薄靄《うすもや》が玄室を満たしていく。

無論、力量《レベル》で劣る少女の拙い呪文だ。抵抗する事は容易《たやす》い。

多少の目眩《めまい》を覚えても、気絶昏倒《こんとう》するところまで行きはしないだろう。

問題は――……。

「いぃ……やッ‼」

容赦なく振るわれるシスター・アイニッキの鉄球を避《よ》けられるか、という事だ。

慈悲深い一撃が鉄兜《てつかぶと》ごと頭蓋を粉砕、その魂魄《こんぱく》を神の御許に叩き込んだ。

「らあッ‼」

「ゴふッ⁉」

ついで血と脳漿《のうしょう》を引き延ばしながら振るわれた鉄球が、盗賊の肋骨《ろっこつ》ごと心臓を潰す。

革鎧《かわよろい》など物の役にも立ちはしない。末期の瞬間、垣間見たエルフの顔には――血に濡れた微笑。

死に際の盗賊はその美しい顔立ちを目の当たりにして――恐ろしいと、思った。

「安心なさい！　生を全うした以上、死を恐るる事はありません！」

神の都では誰しもが安寧に包まれ、安楽に過ごす事ができるのだ。

殴打音が、重ねて五つ。

容赦なく――とはとても言えまい。

彼女は悪に満ちた生に許しを与え、慈悲を以《もっ》てカドルト神に八人の死者の魂を委ねた。

ゲルツに弾《はじ》き飛ばされたガーベイジが体勢を立て直し、再び躍りかかる頃には、数の差は覆る。

「――alf!!」

どうだと言わんばかりの、少女の咆吼《ほうこう》。無論彼女は、状況をわかっているわけではないにせよ。

不快極まりないだろうその声、顔を前にして、ゲルツは――……。

「ハッハァ……！」

ゲルツは、嗤《わら》っていた。

§

「ゲルツ……！」

「やーっぱこいつら一緒に突っ込ませても意味ねーじゃねーか、なあ？」

イアルマスに呪文一、巻物一、それにアイニッキの消耗少し。

まったく、高くついたものだ。子飼い八人使ったのに見合うかどうか。

ゲルツはララジャの声も無視し、虚空に同意を求めるように呟く。

この状況下においてさえ、ゲルツはララジャを認識する気はないらしかった。

「随分と、余裕がおありのようですが……」

シスター・アイニッキが、ララジャとベルカナンを庇うようにずいと前に出た。

血に濡れて尚美しい顔立ちに鋭い視線を乗せ、鉄球をゲルツに突きつける。

「ご自分の立場をご理解なさっていますか？」

「あぁ、カントの耳長売女じゃねえか。我慢できねえなら一人で弄《いじ》ってろ。すぐに相手してやる」

「随分と斬新な命乞いですこと……」

シスター・アイニッキはそう嘯《うそぶ》くが、無論彼女とて状況は理解している。

根城の奥深くまで追い詰められ、多数に囲まれ、この不遜な態度。

であれば、それはつまり状況を認識するほどの頭が無いか、あるいは――……。

――何か、ある。

状況を覆すに足る何かがある、という事だ。

――……なんか、おかしい……。

四人の冒険者の中で、それに気づけたのも、それを知っているのも、ララジャだけだった。

ゲルツの笑み。自分が負ける可能性を欠片一つも思っていない態度。それは良い。

しかし嫌になるほど見知ったその中に……何か、違和感がある。

ぎらついた瞳。そこに燃える灯火。常にも増して、何かが違う。

その火の色、ララジャには覚えがあった。イアルマスの目に浮かぶもの。いや――……。

――首に下がった、《断片《シャード》》！

「てめえ、それ……どこで！」

「《迷宮《ダンジョン》》に決まってんだろうが――……よォッ!!」

「Ｇｒｏｏｏｏｗｌ!!」

火花が散る。

彼我の会話などまるで気にせず、それを隙と見たガーベイジが飛びかかったのだ。

それをゲルツがカシナートの剣で軽々と打ち払い、片手でもって切り結ぶ。

残りの片手はといえば、首元に揺れる《護符》へと伸びていく。

「……やべえ！」

「ベルカナン様！」

「え、あ、う、うんっ！」

ララジャの警告、応じたアイニッキが前線へと飛び込み、ベルカナンが慌てて剣を持つ。

前に出るべきか、呪文か、一瞬の逡巡《しゅんじゅん》。不慣れさが、彼女に行動を迷わせる。

「ａｌｆ!!」

「いぃやッ!!」

その間、ガーベイジと機を合わせてアイニッキの鉄球がゲルツへと叩き込まれた。

「ちッ、シスターのくせにはしたねえ女だ……！」

ゲルツは顔にぬらぬらとした笑みを貼り付けたまま、容易《たやす》くその一撃をしのぐ。

鍔迫《つばぜ》りにすらならず、片手打ちに鉄球を弾くのだ。その膂力《りょりょく》、明らかに異常。

「く、ぅ……ッ!?」

「ｗｏｏｆ……!!」

手にびりびりと走る痺《しび》れに呻《うめ》きながらアイニッキが一歩退いた所へ、飛び込むガーベイジ。

熟達した戦士なれば、一呼吸の間に何合も剣戟《けんげき》を交わす事ができる。

ましてや手に馴染まぬといえどカシナート。その速度は、ララジャの目ではとても追えない。

が――……。

「うるっせえ犬ッコロだ……！」

「Ｅｅｋ!?」

ぎゃんと悲鳴を上げて、ガーベイジの体が軽々と宙を舞った。

斬り合いの最中、ゲルツの爪先が深々と彼女の腹に埋まり、蹴り飛ばしたのだ。

地面に叩き付けられたガーベイジの痩身が、本能的に身を守るため丸くなり、悶《もだ》えた。

痙攣《けいれん》を繰り返しながらげぼ、ごぼ、と。その口からは胃液が滴り、嘔吐《おうと》を繰り返す。

それでも立ち上がろうと藻掻《もが》く彼女へ、カシナートの剣が突きつけられた。

「ひっ」と上がった悲鳴は、ベルカナンのものだろう。

ガーベイジは這《は》いつくばって敵を睨み、「ｗｈ·ｉｎｅ……」と低く唸っているのだから。

「ガーベイジ……！」

「残飯を始末すりゃ満足だっつー話だったか。カントに持ち込まれちゃ話にならん」

駆け寄ろうとしたララジャの体が、本人の意に反してぎくりと制止した。

ゲルツが鋭く此方を睨んだ――いや違う。ゲルツはララジャを見てはいない。

奴が見ているのは、ララジャの背後、玄室の彼方、石壁、その向こう——……。

「なに、を……？」

アイニッキが、じり、じりと足を摺《す》って間合いを詰めながら呟く。

迂闊《うかつ》には飛びかかれない。この距離だ。ゲルツは容易くガーベイジの首を落とすだろう。

迷宮での蘇生は不可能ではない。彼女ほど気高い者なら、神はきっと蘇生をお認めになる。

——けれど、絶対ではない。

灰になる事もある。それを蹴散らされたら？　あるいは、魂が消失《ロスト》する事もある。

神の奇跡は、奇跡なればこそ、そう容易いものではない。

蘇生が叶《かな》わぬ事は、他にもある。そう、例えば——……。

「いいい、おおっと」

「yelp!?」

ゲルツがその獣じみた顎からそう呟いた瞬間、ガーベイジの体が淡い光に包まれた。

苦痛か、驚愕《きょうがく》か。目を見開いた少女が何事か吠えた瞬間——……。

「いしのなかにいいいいる、だ」

その姿が、かき消えた。

「ガーベイジ……!?」

ララジャには、やはり覚えがあった。《悪魔の石》を砕いた時と同じ、転移の光。

——この野郎、やりやがった……！

どんなに蘇生を望んでも、亡骸が見つからねば不可能だ。当たり前の話。

喪失感。絶望。信じられないという思い。「嘘《うそ》……」と、呆然とベルカナンが呟く。

「は、あぁぁあああ――……ッ!!」

しかして、シスター・アイニッキだけは違った。

数多《あまた》の冒険者の消失を見届けてきた彼女は、その瞬間、障害が消え失《う》せたと見て取った。

渾身《こんしん》の一撃。玄室の石畳に足跡を刻みながらの、神威の鉄槌は、しかし――……。

「はっはァ！　良いぜぇ、シスター……遊んでやらァ!!」

「う、あ……ッ!?」

やはり軽く、ゲルツのカシナートによって弾かれてしまう。

明らかに異常――そう、異常だ。全ては《護符》のもたらす力なのか。

吹き飛ばされたアイニッキがたたらを踏んで体勢を崩しながらも、どうにか間合いを取る。

そこを躊躇《ちゅうちょ》無くカシナートでなぎ払ったゲルツは、切っ先でアイネの胸当てを絡め取った。

「あ、ぁッ!?」

「やっぱな、見込んだ通りだ。カドルトにくれてやるにゃ、もったいねえ……！」

「戯《ざ》れ言を……！」

とっさに胸元を庇いながらも凛《りん》として睨むアイニッキ。

それをゲルツを好色な欲を隠そうともせず、舐《な》めつけるように目線を這わす。

それは――間違いなく、隙だ。

「ベルカッ！」

「────え、ぁ、ぅ、うんッ！」

未《いま》だ混乱覚めやらず。けれどララジャの叱咤を受けて、ベルカナンはそれでも剣を振るった。

「《ヘーアー　ラーイ　ターザンメ》!!」

泣き声のような詠唱と共に繰り出されるは彼女が最も信を置く、祖母から授かった《小炎《ハリト》》だ。

火球は尾を引いて玄室を貫き、ゲルツに直撃、爆発四散し────……。

「バァ────……ッ」

「ひッ!?」

その男は平然と、嘲りすら浮かべて煙の中から現れ、ベルカナンの喉が引きつった音を立てた。

「ぼ、僕の、《小炎《ハリト》》……っ　や、やっぱり、ダメ……だ!?」

「ヘッ、気合《ヒットポイント》だ気合《ヒットポイント》。そんなもんで俺が死ぬかァ……」

「──効いてねえわけじゃねえ……！」

ララジャはそうした一連のやり取りを注意深く観察し、そう判断を下した。

ガーベイジの事は、後だ。どうにもならない。衝撃は大きくても、とにかく……後だ。

ゲルツの事。オルレアの事。ベルカナンの事。アイニッキの事。イアルマスの事。

先のガーベイジの一撃、アイニッキとの攻防、ベルカナンの魔術。

どれも着実にゲルツの隙を突き、着実にその体力、集中力を削ぐものだった。

現にベルカナンの《小炎《ハリト》》は奴の顔面に直撃しているではないか。

だが、それでも奴は倒れない。未だに衰えた様子さえ、見せない。

ゲルツの頬に出来た火傷が、見る間に癒えていく。失われた活力も同様だろう。

何故か――……答えは、その首元に揺れている。

魔力の光を帯びた、《断片《シャード》》――《護符《アミュレット》》。

「へっへ、こりゃあ、すげえ……。一晩に何人だってヤれそうだ……」

ゲルツは陶然と、何処か酔ったように浮ついた言葉を漏らし、その《護符》を撫でた。

「……なら、そいつをぶんどりゃ良い……だけだな」

ララジャは自分に言い聞かせるようにしてそう呟き、身構えた。

どうすれば良いかはわからない。けどやる事はわかった。それなら……それなら、だ。

だが――……。

「冗談じゃねえ。させるものかよ」

その時、初めてゲルツがララジャを見た。

ぎらついた瞳に敵意を燃やし、憎悪を滲ませて、

「こいつは俺のだ。俺のもんだ。誰にもやらねえ、俺のもんだ……！」

そう、ララジャの覚えた違和感といえば、そこだった。

ゲルツはけだもの同然の男だ。

そのゲルツが、圧倒的な力を手に入れたなら、躊躇無くそれを奮って敵を潰す。

奴にあるのは今と、己だけ。決して――そう、決して、《護符》になど執着しない。

今と、己。それに《護符》。その三つが、ゲルッを突き動かしている――……！

「呑《の》まれましたか……」

「いいぜ、遊んでやる。ぶっ殺してやるよララジャ。ぜってえに……けど……」

アイニッキの言葉さえ届かぬ様子で、ぶつぶつと呟きながら、ゲルッの手が伸びる。

「……ララジャよォ。てめえは、一番最後まで生かして、どんなツラァするか見ててやらァ」

かざされた先は――……玄室に散らばる八つの死体。

何を――……と思うより先に、不可視の風が、ふわりと玄室に渦を巻いた。

ベルカナンが、ぶるりとその大きな体を震わせ、帽子の鍔《つば》を手で押さえた。

「こ、これ……魔力……!?　えと、確か……たしか……っ」

確か、そう、おばあさまが話して聞かせてくれた、いにしえの大魔術の数々。

その中に、この魔力の動きがあった。見るのは初めて。だが、覚えている。

風に巻き込まれた死体が、血肉が、空間に作り上げる非幾何学的な文様、魔法陣。

それが示す意味は、門。異界に通じる入り口。穴。つまり――……。

「《召喚《ソコルディ》》……!?」

どっと爆発にも似た無色の魔力のほとばしりと共に、それが現界を果たした。

迷宮の天井にすら迫る巨体。外皮の無い、筋肉繊維が剝き出しの体軀《たいく》。獣の頭骨を思わせる顎。

そこから呪力の響きも高らかに、咆吼《ほうこう》が轟《とどろ》いた。

「GGRRRRROOOOOOWWWL……!!」

「グレーター——……デーモン……ッ」

震えながらその名を呟いた声は、果たして誰のものだったか。

魔神の咆哮《ほうこう》は真に力ある言葉となり、この世の理《ことわり》を捻《ね》じ曲げ、玄室を極寒の地獄に変えていく。

何の妨げも受けていない。完全無欠、阻止不能の——異界の悪魔。魔神。グレーターデーモン。

アロケーションセンターに絶対零度の吹雪が吹き荒れる、そのただ中で。

「一度に女二人は抱けねェからなァ。遊ばせておく手はねぇだろ？」

哀れな玩具《おもちゃ》どもを前にして、ゲルツはやはり嗤っていた。

「さあ遊ぼうぜェ、ララジャさんよぉ……！」

ラジャは、深く唇を噛みしめて、身構えた。

第六章

マジックソード

「ｕｈ……」

吐瀉物《としゃ》にまみれ地を這《は》いつくばりながら、ガーベイジは石畳の上で悶《もだ》え、藻掻《もが》いた。

そう、石畳だ。

まばゆい光に包まれた次の瞬間、彼女の矮軀《わいく》は石畳の上に叩《たた》きつけられていた。

ひどい酩酊感《めいてい》——もちろん、酩酊というものを彼女は知らなかったが。

だが、あの大人数が騒いでるでかい部屋で、妙な水の臭いを嗅がされた後に似ている。

もっといえば、あのやかましい奴が石を叩き割った時にも、こんな思いをしたものだ。

「Ｅｅａｋ……」

蹴りつけられズキズキと痛む腹に手を当て、衣服をめくる。赤黒く腫れていた。

恐る恐る指先で触れると酷《ひど》く熱を持っていて、痛みが体を走り、びくりと震える。

あとであいつを蹴っ飛ばしてやらねばならぬ。

ガーベイジは心に誓って、のそのそと身を起こした。

そこは——……狭苦しく、息苦しい、小さな玄室のようであるらしかった。

彼女の記憶を遡《さかのぼ》れば、そのはじまりは、いつだってこんな小さい石造りの部屋だった。

嫌な臭いのする奴らが、にやにやとした此方《こちら》を見下す笑みを浮かべて訪れる部屋。

思えばあのゲルツ——という名前を知ってはいないが——も、そうであった。

鎖を握っているだけで己よりも上だと確信した顔。瞳。

気に入らない。

ガーベイジに剣を振るわせた理由は、つまり、ただそれだけだった。
「Hoooooooowwwwl!!」
自分がいるのが閉ざされた玄室だと知れた後、彼女は一声遠く、咆吼《ほうこう》を響かせた。
返事は無い。
石造りの壁に彼女の遠吠《とおぼ》えは幾重にも反射し、木霊《こだま》して、消えていく。
「Woof……」
ガーベイジはふんと小さく鼻を鳴らした。まったく、あいつらときたら。
自分がいなくてはどうしようもない連中なのだ。
あの黒くてでかいのは少しは見所があるが、あの青くてでかいのは殺せないらしい。
やかましい奴はここの所よそに行ってたらしいし、でかくて臆病なのは言わずもがな。
銀髪の耳が長いのは……まあ、たまには相手してやるのも良いにしてもだ。
ガーベイジはどこまでも自分が強いのだと確信していた。
一人ぼっちだってかまいやしないが、連中は自分がいなけりゃ困るだろう。
それはかつてとは異なる、明確に彼女の中に生まれた変化だった。
しかし赤毛のガーベイジは、それを変化だなんて認識せず、気づきもしないだろう。
彼女はいつだって、自分の思うところに従って生きているのだ。
それを誰かの影響だなどと勝手に決めつける輩《やから》がいれば、躊躇《ちゅうちょ》無く嚙《か》みついただろう。
ともあれ――――……。

彼女はかつてと同じような状況で、しかし異なる行動を取る事にした。
戻ろうとしたのだ。
「ｓｎｕｆｆ……ｓｎｕｆｆ」
ガーベイジは僅《わず》かに鼻をひくつかせた。
臭いは変わらぬ。地下三階——もっとも彼女は地下だの階だのを理解してはいないが。
天井の高くてでっかい部屋から、狭い部屋に入って、何度か降りた。
その程度の認識だが、まあ、問題は無い。
「…………」
そうして落ち着いてみれば——玄室は、彼女が思うよりも広いらしかった。
狭く思えたのは、この石室《いしむろ》を四つに区切っていたのだろう、壁の残骸のためか。
あるいは彼方此方《あちこち》にうずたかく積まれ、横たわる、朽ち果てた骸《むくろ》の数々のためか。
かつて——此処《ここ》で戦いがあったのだ。
もっとも、彼女はそうしたいにしえの強者《つわもの》たちに敬意を払ったりはしない。
べきばきと骨や、打ち捨てられ朽ちた武具の残骸を踏みしめて歩き出す。
時折、その中に剣を見出《みいだ》すと、彼女は喜び勇んでそれを取り上げたが——……。
「……ａｌｆ」
やはり錆《さ》び果て、刃は大きく欠け、いずれもなまくらな剣に過ぎない有様。
一瞬にして興味を無くしたガーベイジは、それを放り捨てた。

石畳に投げられた剣が砕け散って錆びた鉄片を撒《ま》き散らす中、彼女はとことこと進む。

やがて真っ暗闇の玄室の中に――ぽつりと淡い、輝きが滲《にじ》んで見えた。

それは、剣であった。

地に突き立った、白銀の剣。石の中の剣。

淡い輝きは、燐光《りんこう》の如《ごと》くその刃に纏《まと》われたもので、鼓動するかのように明滅する。

さながら、命を吹き込まれたかのような――剣。

「……ｙａｐ」

なんだ、多少はまともなものもあるじゃあないか。

ガーベイジは今拾い上げたばかりの剣を適当に投げ出し、のそのとその剣に近づいた。

だがその柄《つか》に手をかけんとしたその時、赤毛の娘は全身が総毛立つ気配を感じ、飛び退《の》いた。

剣に怯《おび》えた？　まさか、そんな事があろうはずもない。

彼女が感じ取ったのは、この場にもう一つ、何者かの気配を感じ取ったがためであった。

――何か、いる。

それは玄室に横たえられていた、無数の死体の一つだ。

鎧《よろい》を着た男。それが、がちゃがちゃと全身から錆《さび》を零《こぼ》しながら、立ち上がってくる。

ガーベイジは、恐れおののいた。

§

でかいのも、よくわからないものも、この迷宮では数多く見た。

だが死んでいるはずなのに動くものというのは、初めてだった。

(彼女にとってゾンビだのコボルドの骨だのは、最初から動いているものであったから！)

だが本能的に飛び退いたのも束の間、一瞬後にはガーベイジの青い瞳には怒りの炎が燃えている。

己にそのような思いを抱かせた存在を、彼女は許しておくはずもない。

背に負うた忌々《いまいま》しい軽さの剣を引き抜いて、彼女は鎧姿――ソードマンに飛びかかった。

何がいけなかった、という事でもあるまい。

彼女の濫用は、さしものカシナート一門も想定していない領域だったのか。

あるいは同じカシナートの剣でも、ゲルツの手にあるものが上回っていたか。

それとも――はなっからカシナートの剣の側も、この主人に対して不満であったか。

「Ｇｌｉｎｇ!?」

古代の戦士が握る古ぶるしき剣との一合で、カシナートの剣は半ばからあっさりと折れ飛んだ。

またかと顔をしかめたガーベイジの動きは、早い。

彼女は躊躇無く柄を鎧男の兜《かぶと》に叩き付け、それが平然と動くのにさらに苦々しい顔をする。

どうしてこう、どいつもこいつも。まともな剣は無いのか。

だから、そう、それに手を伸ばしたのは――本当に、たいした期待なんて無かったのだ。

とりあえず振り回せれば良い。床から抜けぬならそこで折ってぶん回してやる。

その程度の認識で、ガーベイジは白金の剣の柄に手を伸ばした。

「ｙｅｌｐ⁉」

と――それは、まるで自《おの》ずから飛び込むように、彼女の小さな手に収まったではないか。

しげしげとガーベイジはその剣を眺めた。

石畳に埋まっていた部分が予想外に長かったのか、刀身は彼女の身の丈ほどはあろう。

刃は他の錆びた剣とはまるで違う。この迷宮の闇の中で、冴《さ》え冴《ざ》えと輝いている。

指先を這わせれば、僅かに細く赤い筋が残る。触れただけで、この鋭さだ。

ちらとソードマンを一瞥《いちべつ》。鎧男は、その身を動かすのに随分と手こずっている様子。

まだ間合いは遠い。試しに軽くその場で剣を一振り。

ひゅおんと、風切り音が響いた。

「ｗｈａｈ……！」

ガーベイジは目を見開いた。

見かけよりも重いのか、剣はぐいとガーベイジの体を引っ張るように動くではないか。

なんてやつだ。ガーベイジは牙を剝《む》いた。

「Ｇｒｏａａｒ‼」

――言うことを聞け。

一声吠《ほ》えて、強引にその刃を引き戻す――かつて、だんびらをそう扱っていたように。

ぐんと彼女の体が勢いを増して渦を巻き、刃が唸《うな》り声を上げて空を薙《な》いだ。

びりびりと全身が痺《しび》れるような興奮。そうだ。それで良い。

少女はけだものめいて笑うと、瞬間、放たれた矢のように飛び出した。

「Wou！　Ouuuuuh!!」

細くしなやかな肢体を撥条《ばね》の如く引き絞り、勢いに任せて刃を叩き込む。

その動きは彼女が一人で生き抜くために身につけた、荒々しいものだ。

とても剣術などと呼べるような、上等なものではない。

だが速く、鋭く、そして致命的だ。

ソードマンの首筋から打ち込まれた剣は、易々《やすやす》と錆びた鎖帷子《くさりかたびら》を破り、その脊髄を断つ。

少女の動きは色のついた風であり、さながら剣と舞い踊るようであった。

「Hoooooowwwwwwlll――――ッ!!!!」

朽ちた亡骸が四散する音を背後に、勝ち鬨《どき》が上がった。

§

「yap……yap！」

ガーベイジは実にご満悦だった。

手にした輝く剣をぶんぶかと振り回す。

剣はあっちこっちにすっぽ抜けそうになるが、それはだんびらの時と同じだ。

なかなか見所のある奴だ。ガーベイジはその剣をぐいと背に下げた剣帯に引っかけた。
剣を手に入れれば、もはや怖い物はない。
ガーベイジの頭の中には、先ほどの痛烈な一撃も、鎧男のことも、もう残っていない。
さっさと戻って、あいつをぶちのめしてやる。
彼女はいつだって自分の思うところに忠実に生きてきた。これからも同じだ。
もはや彼女は何を思い煩《わずら》う事無く、力強く玄室を歩き回り、扉を見つけ、蹴破った。
そして、迷宮の闇の中へと飛び込んでいった。

第七章
アンシーン
ビーイング

異界より現れ出し上位魔神、グレーターデーモン。

呪文を封じられておらず、何者にも縛られていない、その真の威を前にして――……。

「う、ぁ……ぁ……っ」

「くッ……!?」

ベルカナンとララジャ、若き冒険者二人の心胆を寒からしめたのは、何も恐怖だけではなかった。

「《MA《ミームアリフ》》《DAL《ダールアリフラー》》《TO《ターザンメ》》――ッ!!」

轟《とどろ》く咆哮《ほうこう》はただそれだけで極寒の《凍結《マダルト》》を引き起こし、彼らの全身を強《したた》かに打ちのめす。

ララジャは咄嗟《とっさ》に身を丸め、歯を食いしばってどうにか呼吸を保ち、息を繋《つな》ぐ。だが――……。

「い、ひい……ぁ、あ、ぁあ……ッ!?」

砂漠の身を焦がす昼、凍てつく夜に育てられたベルカナンは、吹雪というものを知らない。

その健康的な肌は瞬く間に霜が降り、血の気が失《う》せて青ざめ、白んで行く。

立ち尽くしているのは茫然《ぼうぜん》自失がためではなく、その筋骨が凍りつつあるためだ。

もはや震えて歯の根を鳴らすことすら叶《かな》わず、明らかに彼女の生命の火は消えんとしていた。

「い、けない……っ」

故にその場で動けるのはただ一人、シスター・アイニッキだけであった。

彼女は咄嗟に飛び出すとグレーターデーモンの前に立ちはだかり、背に若者二人をかばう。

尼僧服が吹き荒れる雹《ひょう》に打たれ、裂け、迸《ほとばし》る血すら凍てつく中、しかしアイネは揺らがない。

素早く祈りを捧《ささ》げて唱えあげるは、カドルト神への心からの嘆願。

「《ミームアリフ　ペーザンメ　レー　フェーイチェー》《大いなる盾よ彼方より疾く来たれ》!!」

《大楯》《マポーフィック》を希《こいねが》うその声は、果たして正しく天上の神の御許まで届いたらしい。

不可視の力場が天から地底深くの迷宮にまでもたらされ、吹雪の勢いをわずかに衰えさせる。

「ま、なるわな。こいつらに通らなくたって、てめえにかける分にゃ関係ねえ……」

そんなシスター・アイニッキの献身を、ゲルツは魔球《ウィズボール》の観客が選手に向けてするように、嘲った。

「で、そっからどうすんだァ？　あんた一人で俺たち二本相手してくれても良いけどよォ」

アイネはそのわかりやすい挑発には乗らなかった。

彼女は喉から掠《かす》れた呼気を吐きながら生きながらえたベルカナンの頰をそっと撫《な》で、微笑《ほほえ》む。

そしてゆっくりと立ち上がるその姿を……ララジャは、かろうじて見上げる事ができた。

「……シス、タァ……アイ、ニッキ……ッ」

「ララジャ様、ベルカナン様に水薬を。……ええ、ご安心ください」

――こう見えても、私は強いのです。

そう言いながら、上位魔神にただ一人相対する彼女の背を、ララジャは見やった。

そこには一振りの朽ちた刃があり、そしてアイネの手はその柄《つか》へと伸びていく。

シスター・アイニッキ。カドルト神の敬虔《けいけん》な信徒である彼女は、北方の極地の出だ。

凍てつく寒さ、氷雪の鋭さ、そのすべてを肌身に受け、北風の中で彼女は育った。

極寒の過酷さも、決して明けぬ果てしない白い夜も、決して恐ろしいとは思わなかった。

白と黒の世界の狭間《はざま》に潜むものの恐ろしさを、知っていたから。

彼女の一族は、それに抗《あらが》うために脈々とその血を繋いできた。

そして一族のものが皆そうしたように、彼女もまたただ一人故郷を旅立ったのだ。

神のため、魔を討つため、世界の最果て――――南の彼方へ。

《迷宮《ダンジョン》》。

死は万人すべて、生きとし生けるものに必ず与えられるものだ。

であれば、どうしてそれが忌むべきものとなろう。神からの言祝《ことほ》ぎに他ならぬというのに。

すべてのものが行き着く先が、恐ろしい場所であろうはずもない。

死あればこそ生がある。

生に価値あればこそ死の価値もある。

それは天秤《てんびん》の両側に乗るもので、等しく尊いに違いあるまい。

死に至る暴力を軽々しく振るってはならず、振るうならば強い意思を持って躊躇《ちゅうちょ》なく。

だからシスター・アイニッキの胸に、恐怖も、後悔も、何一つなかった。

しいて惜しむ事があるとすれば、自分が人ではなく、取り替え子《チェンジリング》のエルフに生まれた事か。

――ですが、それさえも――……。

彼女は薄く微笑み、喜びさえ抱いて、その背に帯びた処刑剣の柄を握りしめた。

「《ベーアリフ《犠牲を払う》　イエー《勇気を》　カフイ《持つ》　ヌーン《ならば》　ガインウーク《朽ちた》　ラーザンメレー《刃蘇らん》》――ッ!!」

剣が、燃えた。

赤く、そして白く――――吹雪の白い闇をも掻《か》き消すほどに鮮烈な、白光。

その身に纏《まと》わりついた霜も、雪も、銹《さび》も、何もかもを焼却せしめ煌々《こうこう》と燃える刃を手に、前へ。

シスター・アイニッキは色のついた風と化して、まっすぐにグレーターデーモンへと突き進んだ。

「いイー……やあァ————ッ‼」

裂帛《れっぱく》の気合と共に打ち振るわれる、灼けつく刃《ベイキングブレード》。

その輝きを前にして、さしものグレーターデーモンは抗う術《すべ》を持たなかったと見える。

解き放たれた刃は、吸い込まれるようにその頭蓋から胸骨、股座《またぐら》までを一閃《いっせん》した。

「————————」

咆哮が掻《か》き消え、吹雪が途絶えた。何が起こったのかを示す、明白な結果。

どっと噴水の如《ごと》く青褪《あおざ》めた血が迸《ほとばし》り、次の瞬間には魔神の巨体が左右に分かれ、斃《たお》れる。

それは血飛沫《ちしぶき》が霞《かす》むのにあわせ、その血肉が絡み合うようにして消え失せていく。

魔界へと帰還するのだろう。所詮、魔神どもにとっては仮の肉体、仮初《かりそ》めの死に過ぎない。

この世ならざるものに、真の死を届けるのは容易な事ではないのだ。

「っ、ぁ……ッ」

不意に、アイニッキの手からベイキングブレードが零れ落ちた。

「シスター・アイニッキ……！」

息も絶え絶えのベルカナンの喉が水薬を受け入れ、こくりと鳴る。

それを見届けたララジャは、すかさず膝をついたアイニッキのもとへと駆け寄った。

何が起きたのかはわからない。だが、あの尼僧が凄《すさ》まじい一撃を繰り出したことだけは、わかる。

雑嚢鞄《ざつのうかばん》の中にはまだ、事前に持ち込んだ分の《薬石《ディオス》》の傷薬が残っている。

「だい、じょうぶ……です、よ。……大丈夫……ララジャ様、だいじょうぶ、です……」

だが、アイニッキはその薬瓶を受け取らなかった。いや――……。

アイニッキの白く美しかった両手が醜く焼け焦げ、炭化――いや、灰となって崩れつつあった。

当然、灰と化した手では剣を握る事などできようはずもない。いわんや、水薬の瓶も。

尼僧の細腕だった灰にまみれた剣は、先程の光景が幻だったかのように、また朽ち果てていた。

ララジャは愕然《がくぜん》と、水薬の瓶を持ったままその壮絶な光景を眺めるしかなかった。

これほどの代償を支払って、やっと魔神に仮初めの死を与えられる事を恐れるべきか。

あるいは――代償を支払えば、魔神を退けられるアイニッキとその剣を讃《たた》えるべきなのか……。

「いやぁ……見事、見事」

いずれにせよ、ゲルツのそれは、アイネの献身を冒瀆《ぼうとく》するものに他ならなかった。

彼は相変わらず下卑た笑みを顔に貼り付けながら、片手を胸元の《護符《アミュレット》》に当て、距離を詰める。

ララジャは、立ち上がった。立ちはだかった。

未だ瀕死《ひんし》のベルカナン、そしてもはや戦う術を失ったアイニッキを庇《かば》って、ゲルツの前に。

カシナートを肩に担いだ悪の戦士が、ひゅうとその気も無さそうに口笛を吹いた。

「なんでェ、俺とやる気かい、ララジャさんよ」

「そうさ」ララジャは唸《うな》った。「一対一《ここ》まで来たぜ、ゲルツ……！」

「追い詰められたのはテメエの方だぜ」ゲルツは嗤《わら》った。「なにせ俺とサシなんだからよ」

「いいや」その声は酷く愉快そうに響いた。「二対一だ」

§

その男は、がつがつと血に濡《ぬ》れた長靴で足音を立てながら玄室に踏み込んできた。

手には黒杖《くろづえ》——否《いな》、青黒い血を滴らせた異邦の騎兵刀《サーベル》。反対の手には薬瓶。

飲み干したそれが無造作に投げ捨てられ、がしゃんと石畳の上で割れて砕ける。

ララジャは、その男の名を呼ばわった。喜びとも、罵声ともつかぬ声だった。

「イアルマス……！」

「全滅はしていないな」

それがどうして「上出来だ」というように聞こえたのだろう？

ララジャは目前の敵から目を逸《そ》らす事のできぬまま、背後の男へと気を配る。

「イアルマス……様……」

「ああ」

彼はちらと膝を突いたアイニッキを見やり、次いで床に伏せたベルカナンに目を向けた。

そしてガーベイジの消失に気づいたか、わずかに「ふぅん」と小さな息を漏らした。

「魂《レベル》でも吸われたか？」

「……飛ばされたんだよ！」ララジャは唸った。「こいつの……《護符》で！」

「なんだ、そうか」

――なんだ、そうか⁉

ララジャはぎょっと目を剝《む》いた。

「アイニッキ、《所在《カンディ》》は使えるな？　位置がわからなければ、出してもやれんぞ」

問われた尼僧が、困ったような安堵《あんど》したような、曖昧な表情で「はい」と頷《うなず》く。

それはつまり――位置がわかれば、ガーベイジも助けてやれるという事だろうか。

ララジャは深く息を吸って――まだ大気は刺々《とげとげ》しいまでに冷えている――吐いた。

お陰で少し、頭が冷えた。

イアルマスはいつも通りだ。つまり――……。

――やべえ、ってわけじゃねぇ……。

迷宮の中はいつだってやばい。だから、いつも通り。

そう考え、ララジャは無理くり笑みを作った。

短剣を握り直し、腰を深く落とし、玄室を見渡し、やるべき事を考え、彼我《ひが》の位置を確認する。

ゲルツと――――オルレア。

「イアルマァス……」

その一方であるゲルツは、異様な熱を帯びた瞳をぎらつかせ、黒衣の男を睨《ね》めつけた。

「随分と冷てェじゃねえかよ、お気に入りの犬っころが消されっちまったってのによォ」

「石の中にでも叩《たた》き込んだつもりだろうが、それで消失《ロスト》するわけじゃあるまい」

そのゲルッと同じ、ぎらついた光を瞳に灯《とも》しながら、イアルマスは肩を竦《すく》めて応じる。

「方法はある。幾つかな」

「あの方《かた》は……呑まれて……」

その掠《かす》れた声に、ララジャはゲルッから目を離さぬまま、そっと後ろに下がる。

両腕の欠けた状態で、アイニッキがどうにかその半身を引き起こしたところだった。

ララジャは彼女の傍《かたわ》らに膝を突いて屈《かが》み、その柔らかな体をどうにか支えた。

そして雑嚢鞄から水薬の瓶を引き抜き、それを口元に運んでやる。

先程はできなかった。ゲルッの前では致命的な隙だ。だが、今は違う。

――イアルマスがいる。

だからだろう。アイニッキは疲弊しきった顔で微笑み、小さく礼を述べると、それを受け入れた。

こくり、こくりと、白い喉が上下して水薬を嚥下《えんげ》する。そして、ほう、と微《かす》かな息。

「魔法の道具……その威に……心が……」

「あれで拙《くじ》けんのは圃人《ほびと》だけさ」

この世で最も見上げた種族の名をうそぶいて、イアルマスは手にしたカタナをゆっくりと構えた。

誰も護符を、王に渡したがらない。近衛の階級章なぞと引き換えにしてたまるものか、と。

「――だから、ああなる」

王から奪った護符を後生大事に抱え込み、地下迷宮に逃げ込んだ、恐るべき怪物。

第二第三の、ワードナに。

「随分な言い草じゃねえか、えェ、イアルマスよ」

ゲルッは片手に握ったカシナートをだらりと垂らし、まるで友人に気安く語りかけるようだった。

しかしそれは見た目だけだ。

二人の間に漂う気配は、剣呑《けんのん》さを否応なしに増しつつある。

互いに互いの出方を窺《うかが》い、間合いを探り、機を窺う。

この会話は、ただそれを装っているだけに過ぎない。

「テメエだって、こいつが欲しくてほしくてたまらねえんだろォ？」

「そうだな」イアルマスは頷いた。「その通りだ」

――……どうする？

ララジャはそうした二人のやり取りを注視しながら、ぎりと歯を軋《きし》ませた。

自分の力量であの場に飛び込んで何ができるとも、思えない。

赤の竜との戦いのように注意を引く事ができれば良い、が――……。

あるいは……今この時こそが機なのではないか。

ゲルッがイアルマスから目を逸らせない今こそ、その奥に回り込めるのではないか。

――オルレア……。

だが、それで良いのか？

シスター・アイニッキ、そしてベルカナン。二人は、まだ立ち上がれる様子ではない。

そもそも、今この場にいるのがゲルッなだけで、背後の迷宮には大勢の魔神が蠢《うごめ》いている。

そちらを警戒するべきなのではないのか？

此処《ここ》で立ち止まり、防御の構えのまま事態を静観すべきではないのか？

イアルマスは何も言わない。余裕が無いのではない。言う必要がないのだろう。

どうすれば良い？

ありとあらゆる選択肢が泡沫《うたかた》のようにララジャの脳内に浮かんでは、弾《はじ》けていく。

いや、いや、いや、いや――……。

「いって」

そんな思考の渦をすっと止めたのは、ララジャの袖を引く、大きく柔らかな白い手。

ベルカナンだった。

水薬により賦活《ふかつ》されたとはいえ、それで傷が急速に癒えるという事もない。

血の気が引き、凍傷の痕も痛々しいその顔で、しかしそれでも彼女は言った。

「ララジャ……くん、いって」

囁《ささや》くような、祈るような声だった。

「つったって……」

「こちらは……大丈夫です。私も、ついておりますから……」

それでも迷うララジャの背を、アイニッキの言葉が柔らかく押す。

「……後の事は、どうぞ憂い無く」

ララジャは、頷いた。

「……こっち、任せたぞ！」

一声吐き出すと、彼はまっすぐに駆けだしていった。

その少年の背中を見つめながら、ベルカナンは剣を杖代わりに、どうにか体を支えた。

迷宮、魔神、自分にできること。やるべきこと。おばあさまは褒めてくれるだろうか。

「……無理は、なさらぬよう」アイニッキの柔らかな声。「上に戻るまでが、冒険ですよ」

「……うん」

わかっているのだ。ベルカナンは小さく――大きく――頷いた。

今此処ですべき事は、少しでも体力を回復させ、術を温存し、背後からの襲撃に備える事。

それが一番大事なんだってわかっている。わかっては、いるが――……。

「後ろにいたって……」ベルカナンは、歯を食い縛って呻《うめ》いた。「……痛いこと、ばっかだ……！」

§

イアルマスとゲルツの戦いは、迷宮での戦いがそうであるように、静かに始まった。

ゆったりと互いに間合いを探り合い、互いの行動を、機を窺《うかが》う。

そして双方の刃が間違いなく届くという距離に至ったその時――……。

「……シッ!!」

先手を取って動いたのはイアルマスであった。

彼は滑るような動きで間合いを詰め、その手に握った騎兵刀《サーベル》を三度揮《ふる》った。

「おおっとォ!!」

それをゲルツはカシナートの刃で、まるで子供をあしらうように切り払う。

回転する異形の刃がイアルマスの刀に噛《か》み付き、絡め取らんと音を立てて唸った。

だがイアルマスとて、そう易々《やすやす》とそれに付《つ》き合うつもりはない。

むしろ逆に相手の剣を吊り上げるように力を込め、その刃を外す。

火花が、散った。

彼我の刃が弾かれ、体幹が崩れる。イアルマスは剣を脇に引き寄せ、ゲルツは大上段。

真っ向からの第二合。すり抜けたのは、イアルマスであった。

「お、ォッ⁉」

ほんの僅《わず》かにずれた太刀筋、攻撃線はゲルツの二の腕を駆け上がり、両断する。

ぱっと血が飛び、剣を握った腕が舞う。返す刀が、胴を薙《な》いだ。

真っ二つに体を両断されたゲルツが目を剝き――……。

「……なんてなァッ⁉」

舌を出し、嗤《わら》う。

噴き出した鮮血はそのままぶくぶくと膨れ上がって肉となり、切られた体を繋ぎ止める。

そして彼がぐいと力を込めると、即座に元通り、上体が腰へと引き戻されたではないか。

「はっはぁッ!!」

ゲルツは未だ血で繋いだままの腕を、鞭《むち》のように揮るった。

繰り出される人外の一撃を、イアルマスは紙一重で避けてのける。

カシナートの回転する切っ先がフードの端を切り飛ばし、彼の髪を数本飛ばす。

大きく仰《の》け反ったイアルマスは、しかしゲルツの腕を蹴って後転。素早く身を起こした。

その顔には――……何の色も、浮かんでいない。

ゲルツは引き戻した腕を切り口に押し当て、ぐいと本来の位置に戻して、肩を竦めた。

「おいおい、もっと目ェ見開いて驚けよなァ……俺だってビビってんだぜェ？」

「《護符》があるんだ、そのぐらいは当然だろう」

イアルマスは後転の一瞬で確認した周囲の状況に、小さく頷いた。

背後には体勢を立て直しつつあるアイニッキ、ベルカナン。ララジャの姿は無い。

それで良い。その口元に笑みが浮かぶ。これで此方《こちら》も《護符》に集中できるというもの。

「どうした、使えよ、術を。あんだろォ、てめえ、メイジなんだからよ……！」

「そう名乗ったつもりもないがね……」

イアルマスは素早く前に距離を詰め、その騎兵刀《サーベル》を立て続けにゲルツへ見舞った。

が、一度その権能を自覚したゲルツは、もはや防御するという概念を捨てている。

斬撃が飛び交う度、舞い散る血、血、血。

だがゲルツは、自らが阻止不能の存在と化した事を理解したゲルツは、止まらない。

彼は全身を切り刻まれながら、その傷が癒えるに任せ、叩き付けるようにカシナートを揮う。

「はっはァ、俺ァ不死身だぜ、イアルマスッ!!」

イアルマスとて、完全無欠の集中力《ヒットポイント》を持っているわけではない。

一合、二合と切り結ぶにつれ、その身に細かな手傷が増えていく。

傷の痛み、失血はその集中を途絶えさせ、着実に彼を死の淵《ふち》へと追いやるものだ。

だからゲルツは、イアルマスが雑嚢鞄に手を伸ばしても驚きもしなかった。

むしろそこから奴が水薬を取り出すのを見た時は、快哉《かいさい》をあげたくなったものだ。

「させるわきゃあねえだろうがッ!!」

千切れかけた腕を血流で繋ぎ振り回す、音の速さを超えるような一撃。

それを前にした、イアルマスは——……。

「そうかい」

躊躇《ためら》う事無く、その手にした小瓶をゲルツめがけて投じていた。

カシナートの刃が空中にてその瓶を——水晶の小瓶を打ち砕く。

きらきらと輝く破片に混じり、中の液体が雨雫《しずく》のようにゲルツへ降り注ぐ。

ゲルツはそれを構う事無く受け止めた。たかだか《薬石》の水薬が、なんだと——……。

「ッ、あああああッ!?」

だが次の瞬間、ゲルツは全身に感じた燃えるような熱に悲鳴をあげる事となる。

見れば飛沫《ひまつ》を浴びた箇所の肉が、じゅうじゅうと焼け爛《ただ》れ、溶けかけているではないか。

無論、この程度で彼の不死身の肉体が崩壊するわけもない。

否——どんな低級な怪物とて、これで死ぬ事はない。

ただ苦痛を覚えさせ、近づきがたいと、そう思わせる程度……。

「シスター・アイニッキ謹製の、霊験あらたかな聖水だ」

それは彼が常から持ち歩き、休息の度に結界を張るのに用いているものであった。

だが、だから何だ。この程度で、このゲルツを止められるとでも思っているのか。

《護符》に力を込めれば、たちどころに肉が盛り上がり、血は漲《みなぎ》り、傷は癒えていく。

ゲルツは目に爛々《らんらん》とした異様な光を灯しながら、イアルマスへと襲いかかる。

「そんなんで死ぬわきゃあねえだろうよォ……ッ」

もしこの男が、《護符》に頼り切らず、けだもののままでいれば、あるいは。

——詮無きことだ。

迷宮では結果が全て。もしもなどありえない。勝ったものが、勝ちだ。

故に。

「俺が不死王の殺し方を知らんとでも思ったか」

イアルマスは手慣れたものかのように空手に呪印を結んだ。

声も高らかに、唱え上げるは不死を滅ぼすただ一つの真言《トゥルーワード》。

「《ゼーイラー　ウォウアリフ　ヌーン》《あまねく亡者よ光輝の前に散体せよ》!!」

光芒《こうぼう》が、迸《ほとばし》った。

その白光は絵筆で塗り潰《つぶ》すかのようにゲルツの体を掻《か》き消し、焼き切っていく。

血は、噴き出さない。

ただ本来そこにあるべきだったはずの肉体が、完全に失われただけだ。

「な、ァ……!?」

ゲルッツは知らない。己の肉体を奪っていくその術の正体を、彼は知る由も無い。

だが《護符》は。《護符》に蓄えられたいにしえの知識が、彼にその答えを囁《ささや》いた。

「テ、メエッ――《退散《ジルワン》》だとォーッ!?」

「いかにも」イアルマスは魔導の光でゲルッツの胴を薙いで、嘯《うそぶ》いた。「その通り」

それは限りある命を生きる者には何ら一切の効果を及ぼさない、ただの光に過ぎない。

しかし、死を拒むもの、不死なるものにとっては滅びを意味する致死の光となる。

霊験あらたかな神の僕《しもべ》は、ただ祈るだけでその身の呪いを解いて滅ぼすというのに――……。

「まったく、第六階梯《かいてい》の呪文だぞ、これは」

魔術師が同じ事を為すのには、これほどの研鑽《けんさん》が必要なのだから、参ってしまう。

イアルマスは苦々しげに呟《つぶや》くが、しかしそれほど悪い気はしなかった。

背後にいるシスター・アイニッキは、きっとことのほか満足げに微笑んでいるだろうから。

もっともその笑みは、今度こそ胴を断たれ、地に落ちたゲルッツには呪わしいものだったろうが。

「なにが……違うッ」

彼は残された両腕で石畳を引っ掻き、カシナートを握ったまま、吠《ほ》えるようにわめいた。

「俺と、てめえで……何が、違うッ!!」

イアルマスは一切の感情無く、冷めた目線を足下に向ける。彼が見る先は、《護符》だけだ。

「呪文だな」

「てめえ、だって一緒だろ……ッ」

理解ができなかった。

ガキをいいように使って、迷宮探索を進めた。

野良犬を囲い、銀髪のエルフとよろしくやってたって、本質は同じだ。

こいつだって他の奴らのことなんか、どうでも良いはずだ。

全てテメエの道具だ。誰も彼も、何もかも。

目的のために積み重ねて、踏み付けていく、足場に過ぎない。

得物だってこっちはカシナートだ。やつのサーベルとはわけが違う。

己の方が強いはずだ。負ける道理などない。

奴の目が爛々と、《護符》を見ていた。

同じはずだ。

自分と奴とで、何が違う。

なにが……！

「テメエだって、《護符》以外……どうでも良いんじゃねえのかッ!?」

「無駄なものこそが無駄ではないのだと、ついこの間教わったばかりでな」

シスター・アイニッキは聞いているだろうか？　彼女の長耳なら聞こえるか。

まあ、構うことはない。教わったことは事実だ。それに——……。

——生かしすぎれば澄み、さりとて殺しすぎれば淀《よど》む。

「殺し技は、ほどよく濁っている程度がちょうど良いのさ」

中立、中庸の秘訣《ひけつ》であった。

§

——まぶしいな、とおもった。

ひどく疲れていたし、このままずぶずぶと、どこまでも眠っていたかったのに。

騒々しくて、まぶしくて、嫌になる。

放っておいて欲しいのだ。誰も彼も、好き勝手なことばっかりいう。

かかわらないから、かかわらないでほしい。

だというのに、うるさくて、まぶしくて、それに——……。

「オルレア……ッ‼」

オルレアは、ぼんやりとその一つきりの瞳を持ち上げた。

ララジャだ。ララジャが、彼女の名を呼んで、此方にしがみついてきている。

ずいぶんと必死な様子だ。それがなんだか、少しイラッとした。

「……いいよ、ほっといて」

「んなわけ、いくか……！」

ララジャはそう叫んで、手にした短剣を振り回していた。

肉の柱に突き立て、切り開いて、強引にオルレアを引き剝《は》がそうとしているらしい。

肌の上を走る刃の冷たさも、鋭さも、オルレアに何も感じさせはしなかったけど。

やはりそれが、妙に苛立《いらだ》たしい。嚙み付くような、声が出る。

「なんで……ッ」

「まだ、何も話してねえからだよ……ッ!!」

理由になっていなかった。

ララジャは魔神の血肉を掻き分け、どうにかオルレアの細い体に手を伸ばしてくる。

乱暴に力任せに握られて、肉と骨が軋《きし》む。痛いと、感じることもない。

ひどく、むかむかとして……腹立たしかった。

「こっちの気も……知らないくせに……ッ」

「言わねえからだろ、お前が……ッ」

「あたしはッ」

オルレアは、血を吐くように声を張り上げた。

何も知らないくせに。待ってたってこなかったくせに。

もう頭の中はぐちゃぐちゃで、心が何処にあるのかもわからない。

それでもオルレアは、自分が何を言っているのかもわからないまま、叫んだ。

「あんたに……助けられたいわけじゃ、ない……ッ!!」

そうだ。

そんなのは、あまりにも惨めに過ぎた。

助けられて、にこにこわらって、ありがとうなんて言って、めでたしめでたし?

嫌だ。そんなのは嫌だ。

童話のお姫様みたいな、誰かの勲章《トロフィー》になんかなりたくない。

やりたい事は、いっぱいある。たくさん、あった。

お金を稼ぎたかった。両親に仕送りをしたかった。安心させてやりたかった。

自分で迷宮を探索したかった。いろいろと工夫して、仲間を見つけて、それで。

それでいつか――金剛石の騎士の武具を、見つけるのだ。

ララジャはひとりでやってのけた。ひとりだけで。

残飯をつれて、他に女の子をつれて、死体漁《あさ》りのイアルマスと一緒に。

いっぱしの冒険者ですって顔をして、目の前に現れた。

それに助けてもらうのが、自分だ。ララジャの勲章、それ以上でも以下でもなく。

今と何が違う? 「かんてい」と何も変わらないじゃあないか。

酒場とか地下一階とかに放置され、媚《こ》びた笑みを浮かべて、頭を下げて、感謝して。

そんな風になりたいわけじゃなかった。こんな風になりたくはなかった。

違う。こんなんじゃない。何もかもが思い通りになるわけないのはわかっている。

それでも、あんまりだ。生きてたって、何の意味も無い。

涙が滲んだ。悔しくて、惨めで、胸が張り裂けそうで、このまま消えてしまいたい。

そんなのは――……こんな、のは。

「こんなの、いやだぁ……っ」

「だったら……ッ！」

ララジャが、叫んだ。泣きわめくようなオルレアの声を、掻き消すように。

「一緒に冒険すりゃ、良いだろうが……ッ!!」

音を立てて、オルレアの白い体が魔神の肉から引き剝がされた。

手足に絡みついた筋肉繊維がほどけ、ずるりと、体から肉が抜ける。

呪いに蝕《むしば》まれた細く小さな体には、もはや立つ力も無い。

力を注ぎ込まれ、削り落とされ、精も根も尽き果てた。

だからオルレアは、ララジャの胸に縋《すが》り付くようにして、啜《すす》り泣く事しかできない。

ララジャはその華奢《きゃしゃ》な肩、背に手を回そうとして――やっと彼女が裸身だと気づいたらしい。

赤黒く呪詛《じゅそ》の痕の走るその体に、どうにか彼は、壊れ物を扱うかのように、そっと触れた。

「……誘ったの、お前じゃんかよ」

一緒に冒険に行こうと、言ったのは。

返事は無かった。ただしゃくりあげるような声だけが、ララジャの胸に直接響いていた。

§

そうして——全てが終わった、などという事が、果たしてあろうか。

§

「……ざ、っけんじゃねえ……！」

呪詛は、もはや崩壊を待つばかりとなったゲルツの喉から絞り出された。

イアルマスがちょうど、その首に掛かった《護符》に、刀の切っ先をかけた時だった。

「みとめ、ねえぞ……！　俺ァ……オレ、はァッ!!」

その怨嗟《えんさ》の叫びは、イアルマスをして、僅かに動きを止めるほどの鬼気迫るものがあった。

いや——……。

正しくは、ゲルツの叫びに呼応した《護符》から放たれる圧が、物理的に刃を押し止《とど》めていた。

ゲルツの口から、彼の物とはとても思えぬ、異様な音が吹き上がった。

「《SO》《シーンザンメ》《CO》《チューンザンメ》《R》《レー》《DI》《ダールイ》」

それは最初、影のように見えた。影のような、風だった。

甲高い奇怪な響きを持った異界の風が、ゲルツの肉体を通じて渦巻き、噴き出している。

もはやそこにあるのは、ゲルツという冒険者ではなかった。

異界へと穿《うが》たれた、門に過ぎなかった。

「急げ！」イアルマスが叫んだ。「此方へ来い！」

「お、おお……ッ⁉」

困惑しながらも、しかしてララジャの体は、彼の意よりも正しく状況を認識して動く。

オルレアの痛々しいほどに小さな体を抱き上げ、転げるようにして走り出した。

その体がつい一瞬前まであった箇所を、その影が爪で薙ぐように吹き抜ける。

何が起きたというわけでもない。

だがその余波を受けたララジャの体は、それだけで全身が凍り付いたような悪寒を覚えた。

先ほどの《凍結《マダルト》》とは何もかも違う、魂さえ凍るような、これは――……。

「な、なんだあれ……ッ⁉」

「馬鹿め、正体不明の魔物《アンシーンビーイング》を呼び寄せたか……！」

イアルマスはララジャの叫びに、答えとも思えぬ答えを返して呻《うめ》いた。

「迂闊《うかつ》に触れるな。魂を削り取られ《ドレインされ》るぞ」

「うぇ……ッ⁉」

ララジャはオルレアを背負わなくて良かったと思った。抱き上げて正解だった。

イアルマスとララジャは、オルレアを連れ、そのまま残り二人の仲間の元まで後退する。

その間も噴き出す闇、影、魔の風は勢いを増していき――虚空《こくう》に形が浮かびあがりつつあった。

それは鳥のようであった。蟲《むし》の王にも思えた。背中に二対の翼を持つ悪魔のようにも。

だが何よりも恐ろしいと思ったのは、みしみしと世界が音を立てて軋むような重圧だ。動くことすら、能《あた》わず。彼《か》の者が現れれば、皆伏して死を待つより他無い。

「な、に……あれ……っ」

ベルカナンが、かたかたと震えながら――絞り出すように呟いた。

「すごく、こわい……っ」

「異界の、魔神……」

アイニッキが、目を細め、呻く。郷里で蓄えた知識の中に、あのような悪魔もいた。

いや、悪魔とはとても呼べまい。その威、その恐ろしさ、その強大さ。

「魔王、ですね。あれは……不死なる、魔王……」

イアルマスは小さく頷き、手に刀を携えたままゆっくりと魔物の前に立ちはだかる。

それを見たララジャは、オルレアをそっと石畳の上に横たえ、イアルマスの隣に並んだ。

手は震える。膝はがくがくと笑い、腰が抜けそうだ。ナイフで何ができるとも思えない。

イアルマスが、ちらと此方に――隣に並んだ盗賊に一瞥《いちべつ》をくれた。

「いよいよ前衛だな」

「うっせえ……」と吐いた言葉が、震えていない事をララジャは願った。「勝ち目、あんのか」

「どうかな。此処に来るまでに俺も大分と消耗している」

「不死……とかシスターが言ってたろ。さっきの、光る術はダメなのか？」

イアルマスは平素と変わらず、静かな口調でぼそぼそと呟いた。

「あれも魔神だ。呪文は通らん。力押しだな」

「……そうかよ」

「確固たる実体を持ってはいない。刃が通れば殺す事はできる、とは思うが」

ララジャは自分の短剣を見た。イアルマスの刀を見た。どちらも、ただの鋼だ。

アイニッキの揮った、あの灼熱《しゃくねつ》の剣を思い返す。あれでも魔神を殺せはしなかった。

ララジャにはどうすれば良いかさっぱりわからなかった。

だがそれでも、ありったけだ。

力量《レベル》も、装備も、何もかも、足りないのはわかりきっているのだから。

「まあ、気楽にやれ。負けても死ぬだけ……ああ、いや」

励ますように言いかけたイアルマスが、不意に真剣な顔になった。

おぞましき魔物の腕に宿る力を、どうやら失念していたらしい。

「今回は消失《ロスト》もありうるか」

「俺ァ、死なねえ……！」

「そいつは良いな」

褒められた――と、ララジャが思ったのはどうしてだろうか。

イアルマスは、笑っていた。

ララジャも、笑った。無理くりの笑みだったけれど。

背後で、ゆっくりとアイニッキが……ベルカナンが立ち上がるのがわかった。

二人とも満身創痍《まんしんそうい》。だがララジャだって、イアルマスだって似たようなものだ。

ベルカナンが「うーっ」と泣きべそを堪《こら》える子供のような声で、ぐずぐずと唸った。

精一杯に気を吐いて、力を振り絞っているのだろう。

だからララジャは「頼むぜ」と言ったのだ。

「なんか良い手、考えてくれよ」

「……うん」

こくんとベルカナンが頷くのがわかった。ドラゴンスレイヤーを両手で構える。

アイニッキが「私も」と、ようよう整った声で、イアルマスに語りかけた。

胸甲は落ち、尼僧服は裂け、その両手は欠け、けれど凛《りん》とした美しさは損なわれず。

「呪文が通らぬのは向こうだけ。皆々様方にかける分には、何とでもなりましょう？」

「《脱出《ロクトフェイト》》という手もあるぞ」

「サラのみならず私の裸身を見たいだなんて。もう少し、誘い文句を考えて頂けませんか？」

拗《す》ねたような言葉。銀髪のエルフは唇を尖《とが》らせ、けれど申し訳なさそうに呟いた。

「生憎《あいにく》と……私、覚えが悪いものでして」

「さもありなんか」

もはや戦うより他に生き延びる道は無い。

その場にいる誰もがそれを理解し、迫り来る死に向けて各々《おのおの》の武器を構え、備えた。

影が膨れ上がる。魔が現出する。魔の風、魔王、正体不明の魔物。

そしてその瞬間――それが、現れた。

§

「Wou! Ouuuuuh!!」

§

それは一筋の光だった。

それは死を齎《もたら》す白い風だった。

それは赤毛の娘だった。

甲高い咆吼《ほうこう》と共に玄室を駆け抜けて躍りかかった少女の手には、輝く剣。

彼女の身の丈ほどもあろうかという豪剣。古ぶるしき、鋭き刃。

細い腕によって揮われるそれは少女の痩身を振り回すようでいて、しかしその逆。

彼女はまるでその剣と踊るかのように虚空にて身を捻り、振りかぶり、一撃を見舞う。

洗練されておらず、荒々しい。決して正当な剣術では生み出せぬ、磨き抜かれた、美しい軌跡。

それが吸い込まれるように一直線、影の頂点から直下まで、滑るように走り抜けた。

影を、叩き切ったのだ。

「GAAAAAAAAAHHHHHHHHH!!⁉?」
不定形の影が――この世に肉の身を持たぬ魔王が、しかしこの時、上げた声。
それは明らかに、その身を震わせる、苦痛の叫びに他ならない。
トンと軽やかに玄室に降り立った少女。
「a l f!」
ガーベイジが何をやっているんだお前らはとばかりに、鼻を鳴らす。
ララジャは言葉を失った。誰もが、一言もなかった。
イアルマスが――目を見開いていた。驚愕《きょうがく》に。羨望《せんぼう》に。憧憬《どうけい》に。あるいは、嫉妬に。
オルレアは、その輝きに目を焼かれていた。
少女の手に握られた剣。彼女の見出《みいだ》した、彼女だけの剣。
オルレアは知っていた。
幼い頃から、幾度も幾度も、夢に描いた。追い求めてきた。
決して届かぬ、見果てぬ夢だと、諦めさえしていた。
オルレアはその剣を知っていた。そしてそれを揮う、伝説の英雄に与えられる称号を。
富を崇拝する王は、ダイヤモンドを見ることはない。
力を崇拝した王は、騎士なく棺に横たわる。
冠を頂いた王は、これらが故に身を滅ぼす。
それは汝の前にあり、彼の破滅に答えあり。

ああ、そうとも。
答えは、それは、目の前にあった。
彼女が。彼女こそが。
「あ………ぁ……ッ」
震える唇が、その名を呟く。
真空の刃を纏いし、この世で最も貴き宝剣。
その名は――――……！

第八章
ハースニール

「お前が……そうなのか」

イアルマスが心底からの驚愕《きょうがく》を口にするのを、ララジャは初めて耳にした。

イアルマスは愕然《がくぜん》、呆然《ぼうぜん》ともいえる表情で、少女を見ていた。

白金の輝きを放つ大太刀を肩に担ぎ、勝ち誇ったような顔をする赤毛の娘を。

「金剛石の騎士……」

「ａｌｆ」

ガーベイジはその名の意味も知らず、呆《あき》れた様子で一声吠《ほ》えた。

とことこと戦列に戻ってくる様からは、彼女がどのようにして生還したかがわからない。

飛ばされた後、何があったのか。どうやってその剣を手に入れたのか。

聞きたいことは山ほどあり、しかし問うたところで彼女は答えはすまい。

ガーベイジは、もはや原形も判別つかぬ肉塊となったゲルッに一瞥《いちべつ》をくれた。

そしてイアルマス、ララジャと目を向け、ベルカナンとアイニッキに目を向ける。

最後にオルレアを見やり、それからララジャに、視線が戻った。

底知れぬ深い湖のような青い瞳が、じいと彼の顔を覗《のぞ》き込む。

「な、なんだよ……」

「ｙａｐ！」

「いってえッ⁉」

蹴られるかと思ったが、衝撃は脛《すね》ではなくて背中にきた。

ガーベイジはその小さな手を大きく広げ、ばしりとララジャの背中を引っぱたいたのだ。

思わず悲鳴をあげて睨《にら》みつけるが、ガーベイジは牙を剝《む》いたように笑っている。

よくやったとでも言いたいのだろうか。まったくわけがわからない。が――……。

「お前なあ、状況考えてやれよ……！」

こっちはこれでもズタボロなんだぞ、と。抗議の声を上げたところで意味は無い。

ガーベイジは「ｙｅｌｐ」とやかましげに顔をしかめて、無視を決め込んだからだ。

「ふ、ふ……」

思わず笑ったのは、さて、ベルカナンか、アイニッキか――二人ともか。

悲壮感はとうに失《う》せた。あるのは心地の良い緊張感だけ。

いつもの空気だ――と、ララジャは思う。何とかなりそうな、そんな気がしてくる。

もっともバツが悪く、鼻先を指で擦《こす》って誤魔化したが。

「――――……」

正体不明の魔物は、未《いま》だ動いていない。

異界の怪物、魔王の心理など人間風情に推し量れるものではない、が……。

しかし自分に痛痒《ダメージ》を与えた存在を前に、その出方を窺《うかが》うだけの慎重さはある、らしい。

イアルマスは、しばしじぃっとガーベイジと、その剣を見た後、くたびれたような息を吐《つ》いた。

「ガーベイジを中心に行く。他は支援だ。どうにかアレにその剣を叩《たた》き込ませる」

「あ、あの……っ」

おずおずと、おっかなびっくり、ベルカナンが声を上げた。

彼女はガーベイジに近寄りたいようだが、剣を手にわたわたとした後、帽子をぐっと押さえた。

「ぼ、僕……その。たぶん、一発だけなら、攻撃……止め……られる、と……思う……」

んだけど、と。彼女の提案はいつだって尻すぼみに消えていく。

それに対するイアルマスの答えも、いつだって端的なものだ。

「なら前に出ろ」

「い、一回だけ、だよ。一回……たぶん……」

「十分だ」

ベルカナンは、こくこくと必死に――大きく――上下に頭を揺らし、竜殺しを握りしめた。

となれば自分はどうすべきか。ララジャは頭を回した。

迷宮の中での前衛後衛は各々《おのおの》三人までと決まっている。

敵が如何《いか》に巨大であれ、不思議と迷宮の広さが、その程度に感じるからだ。

この状況下なら自分は後衛か。後ろに下がって、何を――……。

「ララ、ジャ……」

と、不意に彼を呼ばわる声が、微《かす》かな囁《ささや》きのように届いた。

「……こっち……来て。……はやく……」

オルレアだった。

消耗――疲労困憊《こんぱい》というのなら他の誰よりも重篤な少女が、一つの瞳で彼を見ている。

まっすぐ、射貫くように。

ララジャは、躊躇《ためら》った。イアルマスは、躊躇わない。

「行け」

「……良いのかよ」

それは、いろいろな意味を含んだ『良いのかよ』だった。

「お前の仲間だ」イアルマスは言った。「お前に任せる」

「……おう」

戦力外と言われたわけでは、ない。だからララジャは、頷《うなず》き、オルレアの元に向かう。

自分が何をすべきかはわからないが――何かを、オルレアを、任されたのだ。

ならやれるだけの事をしようと、そう思えば、これ以上迷う余地はない。

続いてイアルマスは、疲弊しきった状態で尚立つ、アイニッキへと呼びかけた。

「アイニッキ、援護を頼む」

「……任されました」

両腕の欠けた、けれど美しさの損なわれていない銀髪の尼僧は、長耳を微かに揺らし、微笑んだ。

「……大層な戦働きですもの。あとで感謝して頂かないと困ります」

「金貨でか」

「喜捨《きしゃ》です」

二人の冒険者は、乾いた、虚《うつ》ろな笑い声を上げた。意思の疎通は、それで十分だった。

そして最後にイアルマスは、ガーベイジを見た。そして、言った。

「やれ」

「Ｗｏｏｆ!!」

返事は一吠え。躍りかかるガーベイジを嚆矢《こうし》に、戦いが、始まった。

§

「GROOOOOOORRLL……!!」

冒険者に続けて動いたのは、言うまでもなく魔神の影であった。

黒い風がびゅうと吹き抜け、無数に枝分かれした手、爪が一挙にガーベイジへと群がる。

「Ｇｒｏａａｒ!!」

宙を舞った少女の体が、ぐるんと回る。

右に左に、振り抜かれる宝剣が旋風のように唸《うな》り、黒風を吹き散らす。

けれどそれは正体不明の魔物を断たんとする勢いを、大きく削《そ》ぐものに他ならない。

「Ｃｒｏｒｆ……！」

近づけない。間合いの中途で地に降りたガーベイジは、不平を隠そうともせず低く唸る。

「ガーベイジちゃん……ッ！」

その少女を庇《かば》うように、前に飛び出す巨体――ベルカナン。

パーティの中で最も背丈のある彼女の姿は、異界の魔王にとっても目を引くらしい。
ガーベイジから一転、ベルカナンめがけ、影の手が雲霞《うんか》の如《ごと》く襲いかかった。
ベルカナンは怖い、と思った。
腰が引けて逃げそうになった。手がぶるぶると震えた。
その手の内にある竜殺しの魔剣は、相変わらずやる気がない。
――……でも。
僕は、竜をやっつけたんだ。
たった一つの細やかな――というには彼女の体と同じく大きな業績。
それが彼女の心の奥の方で、熾火《おきび》の如く、ぱちぱちと火花を弾《はじ》かせ燃えていた。
「《ミームザンメ　ガインレーエインフォー》《我が身は心なき鉄の像なり》！」
瞬間、彼女の肉体は鋼になった。
比喩ではない。《鉄身《モグレフ》》の真言がもたらすのは、術者の肉体の鋼化だ。
世界を書き換えるわけでも、他者に影響を及ぼすわけでもない。
迷宮の中では最下等――けれど《小炎《ハリト》》と並ぶ、秘奥の一つ。
鋼鉄の像と化したベルカナンの体を、影の爪が強《したた》かに打ちのめし、吹き飛ばす。
普通なら即死も免れず、辛《かろ》うじて生きながらえても魂を奪い取られただろう一撃。
しかし――鋼鉄の像は死ぬ事もなく、ましてや魂などあろうはずもない。
無論、少女の精神は例えようも無く疲弊しただろう。

それと引き換えに齎《もたら》された——完全なる、一手番の浪費。

その値千金、奇跡のような時間を、彼女は無駄にしなかった。

「ララ、ジャ……！」

必死になって身を起こしたオルレアの、嘘《うそ》のように軽い体をララジャは支えた。

肌身一つ。直《じか》に触れる事に、この状況だというのに、ひどく躊躇《ためら》う。緊張する。

けれどオルレアはそんなララジャの葛藤を鼻で笑い飛ばすように、叫び、わめいた。

「ささ、えて……ッ　しっかり、もっと……ッ！」

「何する気だよ……ッ」

「目、もう、あんまり……見えないの……ッ」

呪いに蝕《むしば》まれたせいか、体力の消耗か、それとも魔神への生《い》け贄《にえ》にされたからか。

ひとつきり残った瞳は酷《ひど》くかすんでぼやけ、もう彼の顔だって曖昧な霧の中だ。

それでも——何かしなきゃという焦燥感が、使命感が、オルレアを突き動かす。

ただ助けられて、感謝して、それで終わりなんて……死んでもごめんだった。

「狙い……つけて……！」

「……」ララジャは一度だけ息を吸って、吐いた。「わかったよ……！」

オルレアの細い枯れ枝のような腕を取って、背後から支え、敵へと導く。

昔故郷にいた頃、狩りの手伝いで渡された弓矢を引き絞る様を、ララジャは思い出した。

オルレアが弓だ。引くのは自分？　そんなわけがない。

やると決めたのはオルレアで、やるのもオルレア。その手伝いを任されたのが俺だ。

「何する気かしらねえけど……！」ララジャは、笑った。「良いぞ！」

「う、ん……ッ!!」

──……かみさま。

そんな物がいるだなんて、いたとしても、頼れるものだと思ったことは一度も無い。

何をするのも自分の力だ。それ以外に、頼みになるものはこの世に無いのだから。

だけれど今この時、この瞬間だけは、彼女は神に祈った。

手を貸せとはいわない。邪魔をしないで欲しい。自分に残った全てを、捧《ささ》げても良いから。

「《ヘーアー《世界よ》　ミームアリフヌーン《我が命を聞け》》!!」

魂削る乙女の祈りが、正しく奇跡を起こし、世界を《変異《ハマン》》せしめた。

ララジャに支えられてオルレアが放ったその呪文は、真白い光となって魔王の影を撃ち貫く。

あらゆる物理法則は書き換えられ、森羅万象《しんらばんしょう》の全てがこの一時、オルレアの意のままとなる。

「あ、あぁぁあああッ!!」

その意志は、もう声にもならない。

自分が、自分なんかに、あの魔神を倒せるとは思えない。

だけど──……永遠とも思える時間、繰り返してきた練習がある。

呪文を封じる事はできないだろう。もうそんな力は残っていない。だが……。

「ふき……とん、じゃええッ!!」

叫びと共に、魔王の不可視の鎧《よろい》——呪文の守りが、音を立てて砕け散った。

その意味を、イアルマスは読み取っていた。

彼は斬撃を繰り出すべく跳躍し、けれど右の刀ではなく、左の空手を振り上げる。

結ぶのは、呪印。

「アイニッキ！」

「——はいッ‼」

そしてカドルト神に仕える聖なる乙女が、この機を逃すわけもない。

「神よ！　生と死を司るカドルトの神よ！　彼の物の呪われし軛《くびき》を外し、その魂を救いたまえ！」

「《ゼーイラー　ウォウアリフ　ヌーン》《あまねく亡者よ光輝の前に散体せよ》‼」

呪文に非《あら》ず、ただの真摯《しんし》な祈りが、イアルマスの《退散《ジルワン》》を上回る解呪《ディスペル》の神雷となる。

二発の聖撃が、亡者の神、不死なる魔神、正体不明の怪物を強かに打ちのめし、削り取る。

「BAAAAAAZZZZZZZZZZ!!!!!???」

聞くに堪えぬ絶叫。断末魔の叫び。だけれど、まだ魔王が斃《たお》れたわけではない。

白い影と黒い光。影が蠢《うごめ》き、おののき、震え、膨れ上がる。

オルレアの目には、もう何も映らない。だが、だが——……。

——……ああ、やっぱり。

最後にオルレアが見た光景は——……。

——きれい、だなぁ……。

「Woooouuaaaah――――ッ!!」

百光の中を切り裂いて、異界の魔王を断ち斬《き》る、宝剣ハースニールの煌《きら》めきであった。

§

「う、ぁ……」

そうして、しばらくして。

音も何もかもが死に絶えた静寂の中、ベルカナンはぱちくりと、目を瞬かせた。

体中がぎしぎしと強張《こわば》り、頭はズキズキと痛む。鉄は動かないし、考える事だってない。

そこから自分は生き物なのだと認識を元に戻して、身を起こすのだって、一苦労。

そうして、周囲の様子を確認して――……。

「お、わった……の……?」

「多分、な……」

そこはただの玄室で、へたり込んだ自分のすぐ傍《そば》に、ララジャの姿もあった。

彼はぐったりとしたオルレアを膝の上に乗せるような姿勢で、少し胸が痛んだ。

けれどベルカナンは、その胸の痛みよりも、彼女への心配を優先する事に決めていた。

「その子、えっと……」名前を思い出す。「オルレア、ちゃん……大丈夫……?」

「……寝てるだけ、だとは思うぜ」

「そっか……」

「お前は？」

「え？」

「ベルカナン」

「あ……」

現金だなと、自分でも思う。けれど、取り繕う余裕は、もう無い。

ベルカナンは、ふにゃりとその顔を崩して、緩く微笑んだ。

「……うん、僕は……だいじょぶ、だけど……」

だけど――そう、やっぱり、もう誤魔化す気力なんてないわけで。

「……すっごい、疲れたなぁって」

「俺も」

そう言って、ララジャは笑った。

見れば向こうでは、ガーベイジが「ｙｅｌｐ！」と声高らかに、ゲルツの亡骸に蹴りを入れていた。

先ほどの借りを返したつもりなのだろう。

アイニッキが「ダメですよ」と咎《とが》めるのに従ったわけでもなく、一発で満足したらしい。

とっとことと玄室中の探索を始めるのはいつもの残飯の姿で、まったく感心するやら、呆れるやら。

シスター・アイニッキにとって、死んでしまえば皆、カドルトの御許《みもと》に召される輩《やから》だ。

ゲルツの死後の安楽を願い、簡素な弔いを済ませていく。

ララジャには理解しがたいが、けれどだからといって邪魔立てする気も起きない。

それはイアルマスも同じなのだろう。

彼はアイニッキの気の済むまでやらせた後、ゲルツの亡骸に歩み寄った。

跪《ひざまず》いていたアイニッキが、そっと顔を上げ、立ち上がる。

「帰路のグレーターデーモンは、どうなさいます？」

「もとより異界の存在だ。力の源が途絶えれば、そう長くはこの世に留《とど》まっていられん」

イアルマスはそう言って、肉塊と化したゲルツの首元に、刀の切っ先を差し入れた。

鎖を引っかけ、釣り上げるようにして《護符《アミュレット》》を取り上げる。

そこにはもう、何の光も灯《とも》っていない。

先ほどまでの禍々《まがまが》しさや圧が嘘《うそ》のように消え去り、沈黙し、もはやただの《断片《シャード》》だ。

彼はそれをじっと見つめた後、つまらなさそうな顔で、自身の荷物へと押し込んだ。

アイニッキがほっと息を吐く。魅入られるのではないかと、危惧していたのだろう。

それに気づいたのかどうか、イアルマスが気の抜けたように、笑った。

「さて、まだ後一仕事残っているぞ」

「……なんだよ」と、ララジャが皆を代表して、唸った。「もう終わりだろ？」

「馬鹿を言え」イアルマスは言った。「セズマールどもの装備を回収せんと帰れんぞ」

「うぇー……」

ララジャは呻《うめ》きながら、のろのろと立ち上がった。

そうっとオルレアの体を地面に下ろそうとし、ベルカナンが苦笑して彼女を抱き寄せる。

ガーベイジに探索は期待できない。

アイニッキは両腕が失われた。

ベルカナンとオルレアはごらんの通り。

イアルマスと自分がやるしかない。

「……締まらねぇのな」

「そんなもんだ」イアルマスは言った。「冒険なんてものは」

§

——そうして、誰からも忘れ去られたものが、一人。

「な、んたる……事だ。なんたる……！」

僧衣をどす黒い赤色で染めながら、迷宮の石畳を這《は》いずり進む、男。

牙の僧侶——そう呼ばれる、リルガミン王国の隠密の一人。

ゲルッによって両断されたはずの彼は、しかし辛うじて生きながらえていた。

恐らく——《護符》の力によるものであろう。

最後にはゲルッによって奪い取られたとはいえ、直前までの所有者は彼だ。

本来は致命傷であったそれを、《護符》が繋《つな》ぎ止めたに違いあるまい。

とはいえ、それは今となってはどうでも良い事だ。

結果はどうあれ、《護符》を奪われた以上、帰参した自分に待ち受けるのは死のみ。

だがそれでも、報告せねばなるまい。その一心で、彼は地を這いずっていた。

「呪いあれ、呪いあれ……あのような雑種《バスタード》の雌犬風情が……！」

血を吐くような怨嗟《えんさ》の叫び。命を削るとわかっていても、呪わずにはいられない。

そうする事で、少しでも溜飲《りゅういん》を下げねば、死んでも死にきれない――だが。

「ところで、一つ聞きたいんだが」

「……ッ⁉」

最初、その声の主は死神なのではないかと思った。

目に入ったのは、影のような男であった。

黒衣の……着物姿の、男。

武器も持たず、魔力の気配も無い。何処《どこ》にも、警戒すべき点はない。

だが、寸鉄一つ帯びぬその男が、どうして、これほどまでに恐ろしいのか――……。

「何故あの娘をそこまで狙う？　単に王家の恥だ、上帝《オーバーロード》の血筋だではあるまい」

「知れた、事よ……あれは、災いを呼ぶ。忌み子だ！」

牙の僧侶は、それでも吠えた。目前の男がもたらす恐怖を塗り潰《つぶ》すため、心を鎧《よろ》うため。

「マルグダ王女、女王ベイキ！　王姉ソークスは魔女となり、ダリア姫に至っては……！」

それはリルガミン王国興亡の歴史でもあった。

幾度となく災厄に見舞われた王国において、その中心には常に、女性の姿があった。

魔人ダパルプスの時はマルグダ王女。天変地異の際には女王ベイキ。

女王アイラスの受難に際しては王姉ソークス。そして、ダリア姫……。

《迷宮》出現と時を同じくして生まれた妾腹《しょうふく》の姫君は、呪いを招く忌み子に他なるまい。

殺す事は無いという慈悲を踏みにじり、ついに《迷宮》にまで辿り着いたからには――……。

「あの娘を生かしておけば、遠からず、取り返しの付かぬ災いが降りかかるのだぞ……！」

「それは良い」男は言った。くつくつと、愉快げに笑いながら。「楽しい冒険になる」

「な――……ッ⁉」

牙の僧侶は二の句が告げなかった。

絶句したのは、実に単純な理由からだ。

首が胴から離れては、それ以上喋《しゃべ》る事もできまい。

死を運ぶ鷹《たか》の風、ホークウィンドは手刀の一振りで牙の僧侶の首をはねたのだった。

血飛沫《ちしぶき》一つ残さず息の根を絶つ。作法通りの仕事に彼は満足し、迷宮の闇を見た。

「確かに、流れは変わったらしいな」

それっきり、全ては闇の中に沈み、途絶えた。

第九章

カント

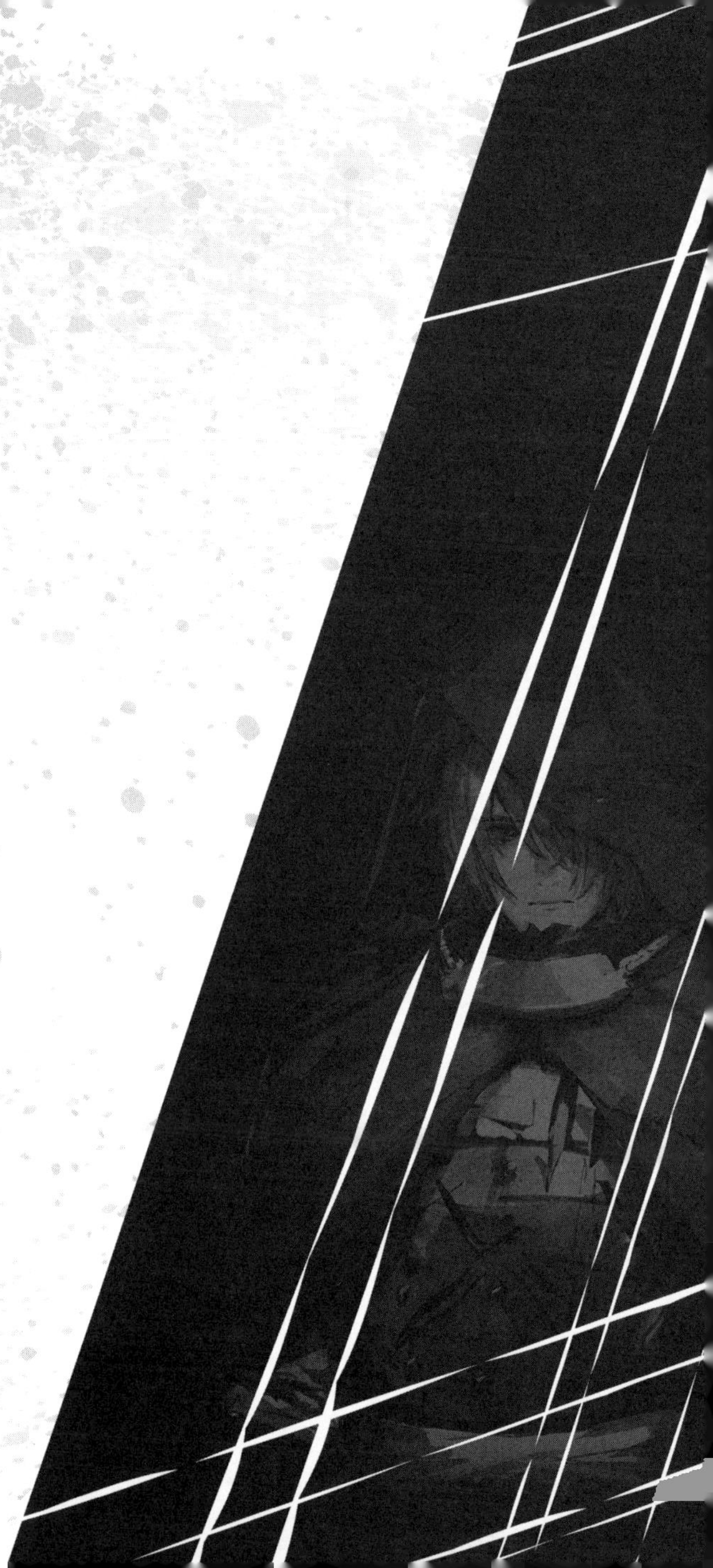

「おい、聞いたか？」

「ゲルツの奴が沈んだって話ならな」

「違ェよ、地下三階の話だ」

「なんでも《モンスター配備センター》の奥に昇降機があったらしいぜ」

「しょうこうきてなあ、なんだ？」

「未踏破領域に通じてるって？　マジかよ」

「ただ、グレーターデーモンを見たって話もある。慎重に行きたいとこだ」

「さすがにそりゃあ眉唾だろ。ドラゴンの次は魔神って、ありえねえよ」

「それに上位の魔神だろ。見たところで、生きて帰って来れるもんか」

「けどよ、オールスターズが尻尾巻いて逃げ出したって――……」

「連中は大喜びで真っ先に昇降機に突っ込んでったじゃねえかよ」

《闘神の酒場《ドゥルガー》》は、今日も今日とて冒険者どもで賑《にぎ》わっていた。

彼らはつい数日前まで、《迷宮《ダンジョン》》で起こっていた出来事を知る由もない。

けれど、様々な断片は噂話《うわさばなし》としてあぶくのように浮き上がり、弾《はじ》けていくものだ。

そうした流れのただ中に、ぽつねんと縮こまるようにして、ベルカナンの姿があった。

彼女はその大きく豊かな体を精一杯に小さく丸め、目立たないよう隅の席に座っている。

けれど、その努力のほとんどは、大して意味のないものだ。

男性ならずとも目を引く体に、竜殺しの異名。

ベルカナンは帽子の鍔《つば》を、ぐいと引き下げる。

見られているという事実は変わらずとも、認識しなければ、気持ちは落ち着くからだ。

と――……。

「なあ……」

「ふぇ……？」

不意に下から声をかけられて、ベルカナンは奇妙な声が出た事を、わたわたと恥じ入った。

見ればそこには、覚えの無い、若い男の姿があった。

身につけた装備からすると戦士だろうか。火傷の痕も痛々しい。

――……ええと。

と、記憶を辿《たど》ったベルカナンは、やがて答えに辿り着き「あ……」と声を漏らした。

「竜をやっつけに行った時、の……人、だよ……ね？」

「ああ。……シューマッハだ」

靴職人のせがれである男はそう言葉少なに名乗ると、手にした包みを押しつけるように渡した。

ぱちくりと瞬きをしながらベルカナンが見れば、それは大きな、一足の草鞋《サンダル》だった。

「あの時は、礼もできなかったからな。消耗品だろ、使ってくれ」

「う、うん、僕、足……おっきくて」

ベルカナンはもじもじと俯《うつむ》いて、草鞋から見える足指をそっと動かした。

何処《どこ》をとっても同い年の女の子はもちろん、男の子よりも大きな体は、いつだって恥ずかしい。

だから着物も、履物だって、揃《そろ》えるには難儀していたのだ。

「あ、ありがとう……っ」

「いや、別に……」とシューマッハは、ぼそぼそと言った。「……じゃあ」

そうして彼は現れた時同様、人混みに紛れるように、すぐに酒場の喧騒《けんそう》の中に消えていった。

ベルカナンはその出自を知る由もないが、冒険者となった以上、酒場に馴染《なじ》むのも当然なのか。

――僕も。

そうだったら良いな、と。そう思った時に。

「モテてんじゃん」

いつの間にやら傍《そば》にまで来ていたララジャが、ベルカナンの気も知らず、そんな事を言うのだ。

「……むぅ」

ベルカナンは頬を膨らませた。他に彼女は、その気持ちを表に出す術《すべ》を知らなかった。

「僕……そんなんじゃ、ないよ」

「そうか？」

「うん」

そして会話が途切れる。

ベルカナンはいつだって、そうなるとそわそわしてしまう。

何か言うべきじゃないか、言ったら変な事になるんじゃないか。いつも考えてしまう。

だからそうしてしばらく悩んだ末に、彼女は当たり障りの無い事を聞く事にした。

「ど……どうだった、って？」

「俺も、シスター・アイニッキに聞いただけだけど」

ララジャはそう前置きをして言った。酒場の椅子にもたれて、賑わう店内を見ながら。

「まあ、力量《レベル》っつーか魂っつーか……が、すっげえ消耗《ドレイン》されたんだと」

「……うん」

「だから、一からだな。俺らと一緒だ」

「そ、っか……」

それが誰の事を言っているのかは、もはや言うまでも無い事だろう。

それにわざわざ語らずとも、当の本人がほどなくして現れた。

酒場に屯《たむろ》する冒険者の向こう側から、おっかなびっくり、小さな影が姿を現した。

体中に刻まれた呪詛《じゅそ》の痕跡を隠す包帯は痛々しく、一つきりの瞳もわずかに朧《おぼろ》。

それでも真新しい司教服を纏《まと》ったレーアの少女は、杖《つえ》を頼りに冒険者たちの間を縫って進む。

彼女はしかしララジャとベルカナンを見つけると、一転、ずかずかと決断的に歩み寄った。

「来たわよ」と不機嫌さを隠そうともしない口調で、オルレアは言った。

下から見上げて睨《にら》みつけるような目線は、その視力など問題にしない力強さだ。

「行くんでしょ、冒険」

「おう。まずは地下一階な」

ララジャはニヤッと口元に笑みを浮かべた。

イアルマスが自分を……盗賊を仲間に引き入れた理由が、わずかに分かったように思えた。

「おかげで僧侶呪文も揃って、鑑定も自前でできるし……やれる事が随分と増えたぜ」

「……言っとくけど、あんたに便利使いされる気はないんだからね」

「わかってるよ」

ひらりと手を振って荷物を取り上げ、ララジャは意気揚々と酒場の出口に向かって歩き出す。

その背中を追いかける前に——残された少女二人は、互いに顔を見合わせた。

オルレアは、自分には無い穏やかさと優しさ、女性らしい体を持つベルカナンを見上げた。

ベルカナンは、自分には無い意志の強さと、可愛らしい体をしたオルレアを見下ろした。

視線が交わり——先に口を開いたのは、オルレアだった。

「負けないから！」

「……ぇと」ベルカナンの声が、どぎまぎと上擦《うわず》った。「な、なに、を？」

「何でも！　全部！」

言いたいことを言った——あるいは羞恥を覚えたのか、オルレアはくるりと踵《きびす》を返した。

そして「待ちなさい！」と声を荒らげて、ララジャの背中を追いかけていく。

残されたベルカナンは、わたわたと大慌てで剣を握り締め、帽子を被《かぶ》り直し、声を張り上げた。

「ぼ、僕も……っ！」

もう、その胸の内には微《かす》かな痛みも、もやもやも、何一つ残っていない。

そうして走っていく三人の後ろ姿を、亭主ギルは静かに眺め、そっとグラスを磨いた。

彼らが戻ってきた時に、きっと必要となるだろうから。

§

「それで？」

失われた両手を包帯で覆い隠したシスター・アイニッキは、柔らかく微笑んだ。

「今度は何に迷っておられるのですか、イアルマス様？」

《闘神の酒場》が盛況であるならば、カント寺院もまた等しく盛況である。

《迷宮》に挑む冒険者が後を断たぬ以上、死に逝《ゆ》く冒険者も、現世へと帰還する冒険者も数多い。

灰と、消失した者どもの屍《しかばね》を踏みしめて、彼らは冒険を続けるのだ。

そうした人々の集う寺院の片隅で――イアルマスは長椅子に座って、掌《てのひら》の上のものを弄《もてあそ》んでいた。

二つの《断片《シャード》》――二つの《護符《アミュレット》》。

珍しい事もあるものだと、アイニッキはつくづくと思う。

この男にとっては迷宮とそれに関わるものがすべてで、こうして立ち止まることは滅多に無い。

迷宮に赴き、死体を寺院に運び、報告を受け、そしてまた迷宮に戻る。

それだけの男が、こうして寺院に足を止《とど》めている。

あのゲルツなる男のように《護符》に魅入られた、囚《とら》われた、とは思えない。

だから彼女はすとんと、彼の隣へ、その柔らかな尻を滑り込ませた。

「いや……迷っているつもりはないんだ」

イアルマスは、傍《かたわ》らに腰を下ろした銀髪の尼僧を一瞥《いちべつ》した。

エルフの瞳がじっと自分を見つめている。彼は観念したように、ぼそりと呟《つぶや》いた。

「やはり、俺では無かったのだな、と思っていた」

そう口にして、彼の中で何かの答えが固まったのだろう。

イアルマスはただ言葉の先を促すアイニッキの碧眼《へきがん》に視線を重ね、わずかに口元を緩めた。

「俺は何者でもないのだ、シスター・アイニッキ」

それは今やイアルマスの中で、ある種の確信となっていた。

恐らく——恐らく彼は、何者でもなかったのだ。

金剛石の騎士ではない。

宝珠も手に入れてはいまい。

地底から蘇《よみがえ》った大魔道士を食い止める事もなかった。

女王の受難を救うことも、滅びる王国を救う事もなかった。

「俺は魔除けの《護符》を、手に入れてもいないのさ」

イアルマスは、もはや力を失った《断片》を握りしめて、自身に見切りをつけるように言った。

「きっとただの、死体回収屋だったのだろうよ」

シスター・アイニッキは、毒気の抜けたような顔をしたイアルマスを、じっと見つめた。

そしてややあって、「あっきれた」と小さく呟き、深々と息を吐《つ》く。

「やっとそこに辿り着きましたか」

「……なに？」

「よろしいですか、イアルマス様」

包帯に包まれた腕が、ずいとイアルマスの鼻先に当てられた。

普段ならばその白い指先をピンと立てて、彼に突きつけていた事だろう。

彼女の灰になって失われたその見えざる指を挟んで、イアルマスはアイニッキを見つめた。

アイニッキの目は、真剣そのものだった。心の奥底まで、見透かされたような思いがした。

「この迷宮においては勇者、英雄、村の若者、何者であれ等しく最底辺の弱者に過ぎません」

まず彼女が口にしたのは、この《スケイル》の――《迷宮》における大前提だ。

そんな事は誰もが――少なくとも《迷宮》に潜った事のある冒険者ならば、全員知っている。

外地でどのような氏素性《うじすじょう》であっても、この《迷宮》では、誰もが同じ、ただの弱者だ。

天稟《ボーナスポイント》による多少の差以外は、何ら変わらない。

何を当然の事を。意図を理解できないイアルマスに、アイニッキは突き刺すように言い放った。

「つまり、何をなせなかった、できなかった、何者だとか、過去のことは全く関係ないのです！」

イアルマスは、目を見開いた。

そんな事は考えもしなかった。

彼にとって、迷宮に潜り、探索し、《護符》を追い求めるのは呼吸するが如《ごと》しだったからだ。

イアルマスは、それが全てだ。それ以外の事を何も知らなかった。

「あの子が名もなき奴隷から金剛石の騎士となったように、あなたは――……」

自分が何者でもない事に悩むなど、村を飛び出し迷宮に踏み入った若者が、最初に悩む事だ。

それを今更――と呆《あき》れこそしたものの、シスター・アイニッキはその事実を心から喜んだ。

――たとえどれほど歩みが遅くとも、前に進むというのは、より良き生の証《あかし》ですしね。

嗚呼《ああ》、カドルト神よ、御照覧あれ！　この人は、確かに己が命の、生の価値を高めつつある！

「イアルマス様は、これから何かになるのですから」

その言葉を受けて――……イアルマスが、どう受け止めたのか。

彼はしばし沈黙を保ち、やがて掌の中の、二つの《断片》を握りしめた。

「――つまり、今までと変わらない、という事か」

迷宮に挑み、玄室に踏み入り、怪物を打倒し、《護符》を求める。

その果てに何が待ち受けているにせよ――その果てに、己が何者になるとしても。

イアルマスはゆっくりと立ち上がった。

此方《こちら》を見上げるアイニッキの膝の上に、二つの《断片》をそっと置く。

「行かれますか？」

「征《ゆ》く」

イアルマスは頷《うなず》いて応えた。

寺院の入口では、赤毛の娘が――宝剣を背負った、伝説の英雄が声高に吠《ほ》えている。

「金剛石の騎士が帰還を果たした。ならば俺とて、《護符》を手に入れられるやもしれん」

そう言ってイアルマスは、寺院の入口——ひいては迷宮、《護符》に向けて歩き出した。

ガーベイジが遅いとでも言うように、嚙《か》みつかんばかりの勢いで吠《ほ》え立てる。

そして二人が並んで立ち去っていくその背を見送り、アイニッキは心からの歓喜と共に祈った。

——彼《か》の者たちの赴く先に、《祝福《カルキ》》あれ！

あとがき

ドーモ、蝸牛くもです。

『ブレイド&バスタード3 金剛石の騎士の帰還』、いかがでしたでしょうか？

精一杯に頑張って書きましたので、楽しんで下すったのなら幸いです。

あとがきから読まれる方もいらっしゃるかもしれないのでネタバレを避けつつ……。

さて本書のタイトルにもなっている『金剛石の騎士』とはなんぞやということについて。

これはWizardry2（3だったりしますが）に登場する伝説の武具を纏った英雄の称号です。

リルガミン王国を襲った災厄、魔人ダパルプス。

邪悪なるものを退けるという女神の結界は、都の中で生まれた者には無意味でした。

ダパルプスはその恐るべき力を揮って王家を滅ぼし、リルガミンを我が物とします。

しかし、幼い王女マルグダ、王子アラビクだけは難を逃れて生き延びます。

姉弟はダパルプス打倒を志し、そのために冒険者に身をやつしました。

二人が探し求めるのは名高き悪魔殺し、金剛石の騎士の武具でした。

様々な魔力を秘めた鎧兜という物の具に加え、宝剣ハースニール。

これらを身に着けた王子アラビクは、ついにダパルプスとの決戦に挑みます。

けれどダパルプスは最期の力で地に魔穴を穿ち、二人は奈落の底に飲まれてしまいました。

金剛石の騎士の武具、そしてダパルプスに奪われた女神の杖と共に。

そして生き延びた王女マルグダは女王となり、冒険者たちにお触れを出します。

魔穴に挑み、金剛石の騎士の武具、そして女神の杖を奪還せよ、と――……。

そしてこの冒険を経て、再びその武具を身に着けた者こそが二人目の『金剛石の騎士』。

――つまりは「あなた」です。


Wizardryの物語を描いて良いと言われた時、それならばと、思っていた題材の一つです。
#2（だったり3だったり）のあと、この武具がどうなっちゃったのかわからないですしね。
それが帰ってくる、ということで――こういう形の物語にしてみました。

まあ「蝸牛くもがまたこんなの書いちゃったよ」と……。

熟練冒険者の方々におかれましては、笑って頂ければと思います。

知らない方々には、そういう伝説の武具があったのだと、そう思っていただけましたら。


次巻においては、この迷宮都市《スケイル》のあれやこれやを書くことになりそうです。

なので「ぼ、冒険奇譚……していいんですか！」みたいな気持ちになったりもしています。

今後もまだまだWizardryの世界に関わって良いようで、とてもワクワクしています。

わぁいわぁいやったー！　なんて大はしゃぎしてきりがないので、ひとまずはこれにて。

引き続き『ブレイド&バスタード』をどうぞよろしくお願いします。

それでは、また。

パーティに盗賊がいるのに――
どうして宝箱を無視する必要がある？
yap?
スッ
スッ
クランに放り込まれたってのに
arf?
いつも明るくて

第1回ドリコムメディア大賞《銀賞》

月花の少女アスラ
～極悪非道の傭兵、転生して最強の傭兵団を作る～

葉月 双
［イラスト］水溜鳥

　魔法を有効に使え、魔法だけに頼らず戦える兵士〝魔法兵〟――そんな新しい兵科を用いた傭兵団《月花》の団長アスラ・リョナは、前世でも傭兵として生き、命を懸けた闘争をこよなく愛している。故にアスラは今世でも同じ道へと突き進む。迷いなく、躊躇いもなく。

「夢のような戦闘を続けよう。ロマン溢れる魔法を主体とした戦闘を。……ああ、君たちにとっては悪夢のような、だったかな」

　偽り、謀り、欺きながら類い稀な魔法の才能と才覚で戦場を巡るアスラは、この世界でも悪名と戦果を挙げていき……やがて《銀色の魔王》と恐れられる少女のダークファンタジーが幕を開ける。

骨骸の剣聖が死を遂げる
～呪われ聖者の学院無双～

御鷹穂積
［イラスト］fame

　魔女の呪いによって、不死の怪物となってしまった騎士の青年アル。三百年後の世界で、魔女の末裔の少女アストランティアと出会った彼は、全ての呪いを殲滅すべく、彼女の騎士になることを誓った。

　アストランティアの願いにより、彼は呪いと戦う"聖者"を育成する学院へ入学し、正体を隠して生きることになる。

　しかし、三百年磨き続けた実力は隠しきれるものではなく、入試でトップクラスの聖者を圧倒してしまい……!?

　異形の騎士と異端の聖女、最強タッグが紡ぐ学院無双ファンタジー！

DRE NOVELS

DRE NOVELS

ブレイド&バスタード 3
－金剛石の騎士の帰還－

2023年12月10日　初版第一刷発行

著者　蝸牛くも
発行者　宮崎誠司
発行所　株式会社ドリコム
〒141-6019　東京都品川区大崎2-1-1
TEL　050-3101-9968
発売元　株式会社星雲社（共同出版社・流通責任出版社）
〒112-0005　東京都文京区水道1-3-30
TEL　03-3868-3275
担当編集　小原豪
装丁　AFTERGLOW
印刷所　図書印刷株式会社

Printed in Japan
ISBN978-4-434-33013-1

ファンレター、作品のご感想をお待ちしております。
右の二次元コードから専用フォームにアクセスし、作品と宛先を入力の上、
コメントをお寄せ下さい。
※アクセスの際に発生する通信費等はご負担ください。